少年詩人夢

Dreams a Poet Aspired While Young

蘇紹連

【總序】

跨世紀與跨領域的詩學詩藝

——台灣詩學季刊社二十周年慶

蕭蕭

「台灣詩學季刊雜誌社」創辦於一九九二年，當初參與創辦的八位詩人（尹玲、白靈、向明、李瑞騰、渡也、游喚、蘇紹連、蕭蕭）具有足以聚焦的共識，一是為台灣新詩的創作與發達，貢獻心力，二是為建立台灣觀點的詩學體系，累積學力。因此，「挖深織廣，詩寫台灣經驗；剖情析采，論說現代詩學」成為「台灣詩學季刊雜誌社」目標顯著的文字「LOGO」。誠如長期擔任社長職位的李瑞騰（一九五二～）在〈與時潮相呼應——台灣詩學季刊社十五周年慶〉所說：「我們站在上世紀九〇年代，面對台灣現代新詩的處境與發展，存有憂心；對於文學的歷史解釋，頗為焦慮。我們選擇組社辦刊，通過媒體編輯及學術動員，在現代新詩領域強力發聲，護衛詩與台灣的尊嚴。」這是對詩藝的執著，對台灣新詩史、新詩學的歷史承擔。

《台灣詩學》的歷史使命如此昭然若揭，從此展開跨越世紀的不懈奮鬥旅程。

一九九二至二〇〇一的前十年，《台灣詩學》經歷向明（董平，一九二八～）、李瑞騰兩位社長，白靈（莊祖煌，一九五一～）、蕭蕭（蕭水順，一九四七～）兩位主編，以季刊方式發行四十期二十五開本詩雜誌，評論與創作同步催生，在眾多偏向詩作發表的詩刊中獨樹一幟，對於增厚新詩學術地位，推高現代詩學層次，顯現耀眼成績。二〇〇三年五月改變編輯路向，易名為《台灣詩學學刊》，邁向純正學術論文刊物之路，每篇論文經過匿名審查，通過後始得刊登，是一份理論與實踐並重、歷史與現實兼顧的二十開本整合型詩學專刊（半年一期），也是台灣地區最早成為RG==THCI期刊審核通過的詩雜誌，首任學刊主編鄭慧如（一九六五～）負責前五年十期編務，設計專題，率先引領風騷，達陣成功。繼任主編為詩人唐捐（劉正忠，一九六八～），賡續理想，擴大諮商對象，將詩學學刊提升為華文世界備受矚目的詩學評論專刊。

二〇〇三年六月十一日「台灣詩學」同仁蘇紹連（一九四九～）以個人力量闢設「台灣詩學．吹鼓吹詩論壇」網站（http://www.taiwanpoetry.com/phpbb3/），原先在網頁上到處尋訪知音的新詩寫作者，彷彿遇到了巨大的磁石，紛紛自動集結在蘇紹連四周，「吹鼓吹詩論壇」網站儼然成為台灣地區最大的現代詩交流平台，以二〇一一年五月而言，網站上的版面除〔台灣詩學總壇〕、〔詩學論述發表區〕之外，可供網友發表詩創作的區塊，以類型分就有散文詩、圖象詩、隱題詩、新聞詩、小說詩、無意象詩、台語詩、童詩、國民詩等，以主題分則有政治詩、社會詩、地方詩、旅遊詩、女性詩、男子漢詩、同志詩、性詩、預言詩、史詩、原住民詩、惡童詩、人物詩、情詩、贈答詩、詠物詩、親情詩、勵志詩等，另有跨領域詩作：影像圖文、數位詩、應用詩、朗誦詩、歌詞．曲等等，不可或缺的意見交誼廳、詩壇訊息、民意調查、詩人寫真館、訪客自由寫、個人專欄諸項，項項俱全，文章總數已達十二萬篇以上，網頁通路所應擁有的功能無不具足，新詩創作、評論與教學所應含括的範疇與內容，無不齊備。二〇〇五年九月紙本《吹鼓吹詩論壇》在蘇紹連主導下隆重出版，這是將半年來網路論壇上所發表的詩作，披沙揀金，選出傑異作品刊登於《吹鼓吹詩論壇》雜誌上，台灣網路詩作不僅可以快速在網路上流傳，還可以以紙本的面貌與傳統性質的現代詩刊一較短長，網界盛事，也是詩壇新聞，「台灣詩學」因而成為台灣新詩史上同時發行嚴正高規格的「學刊」與充滿青春活力「吹鼓吹」的雙刊同仁集團。前任社長李瑞騰所期許的「台灣現代新詩具體而微的百科全書」，「吹鼓吹詩論壇」網站與紙本的刊行，應已達成。

二〇一二年，「台灣詩學季刊雜誌社」創社二十週年，檢視這二十年的足跡，我們不改最早創刊的初衷，不負「台灣」、「詩學」的遠大理想，一直站在台灣土地的現實上向詩瞭望，跨世紀、跨領域增強詩學、詩藝，將以十六冊書籍的出版，兩本詩刊《台灣詩學學刊》、《吹鼓吹詩論壇》的持續發行，展現我們的決志與毅力，繼續向詩、向未來瞭望與邁進。

台灣詩學同仁在創作與評論上分頭努力，因此在二十週年社慶時我們出版六冊詩集、兩冊論集（均由秀威資訊公司出版），詩集是向明的《低調之歌》、尹玲的《故事故事》、蕭蕭的《雲水依依——蕭蕭茶詩集》、蘇紹連的《少年詩人夢》、白靈的《詩二十首及其檔案》、藝朵的《玫瑰的國度》，含括了年紀最長的向明，寫詩資歷最淺、由評論界跨足創作領域的藝朵（李翠瑛）；中生代的四位詩人各有特色，尹玲配合照片說故事，蕭蕭配以小學生的繪圖專力寫作茶詩，蘇紹連則解剖自己，以詩話的舒緩語氣說他的少年詩人夢，白靈不改科學家與新詩教育家精神，以自己寫詩歷程的各階檔案，如實印製，期能對寫詩晚輩有所啟發。論集是新世代評論家林于弘（方群）的《熠熠群星：臺灣當代詩人論》、解昆樺的《臺灣現代詩典律與知識地層的建構推移：以創世紀與笠詩社為觀察核心》，對於詩人、詩社的發展，全面關注，深刻觀察。

此外，跨領域的合作，還包括與海內外學界合作出版《閱讀白靈》（秀威）、《網路世紀．故里情懷》（萬卷樓）學術研討會論文集，編輯海內外第一本網路世代詩人選《世紀吹鼓吹》、海內外第一本《台灣生態詩》（爾雅），跨領域也跨海域。這種跨領域也跨海域的工作範疇，當然也呈現在二〇〇九年開始，蘇紹連以個人力量訂立方案、獲得「秀威資訊科技有限公司」贊襄的「台灣詩學吹鼓吹詩人叢書」，目前已出版十九冊，最新的四冊是櫺曦的《自體感官》，古塵的《屬於遺忘》，王羅蜜多的《問路——用一首詩》，肖水的《中文課——肖水詩集》，其中肖水（簡體字）即為上海年輕詩人。

二十年來，「台灣詩學季刊雜誌社」以「台灣」、「詩學」為主體、為基地，但不以「台灣」、「詩學」為拘限，不以「台灣」、「詩學」為滿足，下一個二十年，全新的華文新詩界，台灣詩學將會聯合所有愛詩的朋友，貢獻出跨領域、跨海域的詩學與詩藝，一起發光且發亮。

二〇一二年八月寫於明道大學

【自序】

他從十六歲起以天才詩人的姿態出現

一

他從十六歲起以天才詩人的姿態出現，十九歲時毅然地放棄詩藝，去實踐詩的行動，寫作年代只有短短三年，卻完成了空前絕後的詩文作品。

我二十八歲時，買到了他的作品集之譯本。他有一首詩〈狼嗥〉：

狼在繁葉深處嗥叫
口吐獵食家禽後的
美麗羽毛
像牠一樣，我也在消耗自己
青菜與水果

只等待被採摘；
但是籬笆上的蜘蛛
只想欲噬食紫羅蘭
讓我睡吧！讓我被煎熬
在所羅門的祭壇上。
沸液流過鐵鏽
混入克倫溪流。

以「狼」自況，未滿十九歲的他雖在繁華的週遭中，能獵食又能吐出美麗的事物，但這是「在消耗自己」；他又以「蜘蛛」自況，不在意於現實價值，而只在意於「紫羅蘭」之美的追求。最後，他獻身於祭壇，以「沸液流過鐵鏽」自況，終於與國家社會洪流融合了。

「讓我睡吧！讓我被煎熬」年輕的呼喊，在最疲憊時卻又期待折磨下去，那不也是每位創作者的情況嗎？

二

星星墜入你底耳之深奧處薔薇色的哭泣，
從你的頸到你的腰無限以白色滾動著；
海在你的朱紅乳頭，貼上紅色的珍珠，
男人在你的美妙的腹部流出黑色的血。

十六歲的他，寫出了〈星的哭泣〉這首感官上的深度感觸，其敏銳和細膩，幾已達到無人可及的地步。物之形，如「星星」、「耳」、「頸」、「腰」、「乳頭」、「珍珠」、「腹」、「血」，不可觸及和可觸及先後交集在一起，星星可以墜入耳底，乳頭可以貼上珍珠，像似一幅後現代的人體畫。

在處理顏色上，顏色可以和動態結合，如「薔薇色的哭泣」，薔薇色作為形容，產生特殊的意象美感。短短四行詩，交揉「薔薇色」、「白色」、「朱紅色」、「紅色」、「黑色」等多種顏色，宛如一幅馬蒂斯的野獸派油畫。

這是一首身體詩，讓我們看到裸體的美。在詩中，每一句都是創造性的意象，頗堪玩味，如：「海在你的朱紅乳頭，貼上紅色的珍珠」，海為什麼會在朱紅乳頭？那是怎樣動人的景象？海象徵什麼？象徵胸部波濤洶湧？乳頭是浪頭？很有趣的意象吧！

三

他在〈文字的鍊金術〉裡寫著：「我發明母音的色彩！——A黑色，E白色，I紅色，O藍色，U綠色。——我規定了子音的形式和運動，我自傲有一天能以本能的節奏來創造足以貫通任何感覺的詩和語言，我保留翻譯權。」「最初只是學習。我描寫靜默與夜。我記錄無法表達的事件。我固定所有的暈眩。」

這麼一句「我固定所有的暈眩。」他有這種能力，真叫我為之瘋狂了。他似乎誇耀自己在詩和語言的創造能力，且剖析自己詩作的內容，是記錄一種人間難以表達的事件，及生命上所不能釐清的暈眩之感，如為了情失去理智而暈眩，為了利益失去道義而之暈眩。而我呢，我為寫詩而暈眩，他能固定，豈不叫我為之瘋狂！

「我有如一個酒店曖昧的招牌。
——一陣風暴刷淨了天空，黃昏時，

逃入森林的水消逝在貞潔的砂土上，
神靈的風將冰雹投入湖沼裡；
哭泣著，我看見金光——而不能啜飲。」
「我有如一個酒店曖昧的招牌」
「哭泣著，我看見金光——而不能啜飲。」

當一個人像一塊「曖昧的招牌」時，那就像站立街頭，迎送各種投來的目光，奇異的眼眸，陌生的臉頰，猜疑、好奇、想望，全集中在招牌身上成為焦點。假如詩人是這樣子。然而，是哭泣著的，「我看見金光——而不能啜飲。」痛，是痛在不可得。

「古老的詩法在我文字的鍊金術裡佔著重要的地位。」
「我開始習慣於單純的幻覺。」
「然後，我用文字的幻覺來解釋我的魔術的詭辯。」

這些是他的創作狀態之自畫像，懸掛在詩史的殿堂上，俯視著任何來巡禮的詩人學者民眾。

「在青苔他們的荒地裡，靜靜地，
他們製造高貴的鏡板，
以便在這個城市之上，
描出一個贗品的天空。」

他已揭穿，那些製造鏡版的人，只是描繪一個贗品的天空！

四

他夢見一個不同的戰爭，寫了下面〈戰爭〉這首散文詩：

孩子時，莫名的天空磨銳了我的視力。他們的性格在我的容貌留下了陰翳。所有的現象被激動起來。——而現在，瞬間的永恆屈折與數學的無限在世界之中追逐著我。在這個世界我受到市民普遍的歡迎，而被奇異的孩子們難以抗拒的情感所尊崇。我夢見一個戰爭屬於義或權利與不能預測的論理的戰爭。

這戰爭單純如音樂的一小節。

他在詩中集合了許多足以形成他所謂的戰爭現象，外在環境的變異，如「莫名的天空」，別人性格的影響，如「他們的性格在我的容貌留下了陰翳」，以及抽象的哲學及數學理論之追逐，他說：「所有的現象被激動起來。」這就是一種戰爭現象。

他在這種戰爭現象中，成了英雄，受到市民的歡迎，受到孩子們真情的尊崇，而他又說他夢見這是一個不能預測的論理的戰爭。論理，講道理，那麼，這樣的戰爭沒有暴力，沒有彈藥，沒有傷亡，沒有燬滅，沒有恐怖。

他說：「這戰爭單純如音樂的一小節。」這等於是他年輕心靈上價值觀的定位，亦是他寫詩生命上短短的一小節。然後，他終止寫詩了。而我永遠記得他這個名句：「莫名的天空磨銳了我的視力」！

我擁有武井誠的譯本《地獄的季節》（伙伴出版公司，一九七七年十二月），將他譯名為藍波，後有人將他譯名為韓波，大陸方面譯名為蘭波，這都無關緊要。他一八五四年出生於法國東部的查理維爾城，父親在他六歲時棄家出走；天生具有刻意與眾不同的強烈願望，幼年時便願意將自己打扮成先知的模樣，在那個不大的城鎮里，這是個以怪異出名的孩子；十五歲時以拉丁文詩獲獎；十六歲，發表法文處女詩〈孤兒的新年禮物〉，被稱之為天才詩人；十七歲，來到巴黎，與象徵派詩人魏爾倫陷入友誼、愛情、詩歌、遊戲交織的情感中，三年內創造出其主要著作《地獄的季節》；在與魏爾倫分手後的幾年中，他像幽靈一樣遊蕩在歐洲，變換著不同職業、尋找著生命意義，成為開小差的軍人、塞浦路斯的監工，就是不再寫詩；一八九一年，因為右腿膝蓋上的腫瘤，死於馬賽醫院，查理維爾城為他建立了一座紀念碑。

他從十六歲起以天才詩人的姿態出現，十九歲時毅然地放棄詩藝，令人歎息！

目次

卷二・少年的詩人札記

卷二・少年的詩作自剖練習

卷四・少年的網路詩風雲

卷五・少年的大肚山詩友們

卷一

少年的詩課

【詩課之二】詩是情志的產物

有情志而有詩，無情志而無詩。

是嗎？如果詩是一種經過設計的遊戲，有規則也有方式，那麼，在玩遊戲時，是否可以純粹玩遊戲，而無須情志？

可以，是遊戲，就換成遊戲的態度。

情志源於心，發聲成語言，書寫成文字。沒有情志，而勉強發聲和書寫，變成為遊戲而遊戲，為做詩而做詩。這樣好不好？

當然不好。

因為抒發情志是詩的本質特徵，志藏之於心，為主體所有，情則有感而發，受外物感召。沒有抒發情志的詩，等於沒有靈魂。

詩不見得一定是情志的產物。但好的詩，情志豐腴。

【詩課之二】詩非異物

金聖嘆說：「詩非異物，只是人人心頭舌尖所萬不獲已，心欲說出之一句說話耳。」

想要做一名詩人，就要能寫出人人萬千表達不出的話。

什麼是表達不出的話？表達得出的，是散文，表達不出的，則是詩。

詩是這麼奇異嗎？每個人不都是有同樣的三寸之舌，話到舌尖哪有說不出？

問題在於一旦說出，心中的詩變成了舌尖上的散文，詩意全流失。

許多人們心中有詩而不知如何表達，這是多麼可惜的事。

詩，原存於人人心中，只不過由詩人說出來。

因為，詩人有運用詩語言的能力。

詩，是人人心中相同的能源，透過詩的語言表達出來。

【詩課之三】純樸之質

年少情懷總是詩，因為擁有赤子之心。

成年涉歷世事，深味人生，不見得是詩；成年唯有涉世雖深卻不沾世故之習，閱歷廣而仍存純樸之質，才是詩。

語言文字的修辭精巧不是詩，因為這樣的語言文字太世故，太油滑。

純樸之質不見了，就不是詩。

【詩課之四】詩的邏輯

詩，有沒有邏輯？

有，是主體性的邏輯。

主體性的邏輯是自我創造的邏輯，敘事的自由度較大，受靈感和情緒支配，可以任意飛躍，打亂時空，顛倒順序。

而客觀性的邏輯，則按起承轉合的過程發展，是單線性邏輯，對詩來說，太拘泥，寸步不移，則失跌宕之美。

詩要寫得活，運用的是主體性邏輯。

主體性邏輯，是抒情邏輯，非理性邏輯，非單線性邏輯。

詩，就是這種邏輯。

【詩課之五】詩人是介入者

詩創作，沒有所謂的客觀。

詩人都是作品內容和技巧的介入者，以自己的抉擇，揀選材料，諷之，誦之，戲弄之，往往都是主觀的掌控。

再怎麼客觀，也都是詩人主觀的介入，才得以找到符合詩人心靈活動的節拍，去完成他想要的作品。

【詩課之六】靈感瞬間點爆

詩的運作，等同於心和腦的活動。

要構思一首詩，可以花一整天的時間的運作而得，也可以在沒有預期的瞬間內偶然拾得。那是靈感的瞬間點爆，最為詩人所期盼。

其實詩興的感發，往往需要比興和隱喻的意象聯繫，習慣於這種聯繫的詩人，其靈感的瞬間點爆機率，常常比別人大。

靈感來了，意象也隨之來了。

【詩課之七】心境

外在世界和內在世界，是如何交織？

外在世界引起詩人的感興，是有一定的導向作用，例如明媚的風光，導人以舒愉的感覺，而地震後的災象，導人以哀戚的感覺。

如此情形，詩人引發詩興，顯然受到外在世界的規範。

內在世界，是指詩人主體的心境和審美情趣。心境好壞，會對景物觀感自然不同，心境好時，觀物吟樂詩，心境壞時，觀物吟哀詩；心境不同，所寫出來的詩也會不同。

詩人，往往是內在世界強過外在世界。

心，像是主宰世界的君王，可以為外在世界決定形貌，要繁茂即繁茂，要蕭條即蕭條，這就是心境的效力。

詩人，以心境創作了詩。但是，心境一旦改變，詩便有了不同的形貌。

【詩課之八】自我本色

以性情或志趣來看，少有完全相同的詩人。

或以語言的習慣、文字的運用來看，亦少有完全相同的詩人。

「自憐詩少幽燕氣，故向冰天躍馬行。」這是捨自己本色而企圖追求突破自我的詩人行為。但這也是一種冒險、可預知結果的行為，或者，可以說是一種愚蠢的行為。

詩人天生氣質各不相同，變臉、換器官都不值得鼓勵。

詩人原本的面目，就是呈現在他的作品上，想換成楊牧或是夏宇的面目，那是東施效顰，終是次級品二等貨。

詩人雖然會意識到自己詩風的侷限，會企圖吸收陌生的、奇異的因子，像打肉毒桿菌，換一張新的臉，但是，那是皮層，真正肉裡的血和心，才是詩的所在。

才是詩人發展自我本色的所在。

【詩課之九】象的破與立

因為具象的事物比抽象的「意」更容易被體會，所以有「立象以盡意」之說。「具象的事物」簡稱為「象」。「象」是眼睛可以直觀而得的，詩中有了「象」，「意」才變得實實在在。

我試提出「破象以轉意」的觀念。

「象」，在不同的角度下、不同的時空下，不同的心靈下，都會產生不同的「意」，它具有不確定性、多向性。

「象」，不必單守一個「意」；讀詩，得打破「象」的固定解釋及表面形象，去見到其象內之象、象外之象，才能將原本的「意」輾轉到更深或更多的「意」。

詩人「立象以盡意」，不如能讓讀者「破象以轉意」，詩作的意涵才會不斷的豐厚，不斷的轉化。

因此，詩人「立象」，不妨保留一些空間，切勿「盡意」。

【詩課之十】所謂共鳴

我們常講「共鳴」，指的是詩作喚起了讀者相似的感受和情緒，心有戚戚焉的狀態。「共鳴」，是因為詩中的意象境界具有「典型化」，含有「普遍性」，情通理應，而為大家所接受和認同，故而能引起「共鳴」。

詩作太過於強調「個性化」，表現個人獨特的語彙，掏寫私家生活經驗，除了滿足讀者好奇心之外，很難與讀者舊有的經驗對流，當然也失去了「共鳴」的作用。

可是，一篇能引起共鳴的詩作，不見得是有文學藝術的價值，因為大眾的情感太廉價了。

【詩課之十二】意象不是真象

「象」，在現實世界上，是可見可觸的「真實」；而「意象」，是人腦中可思可感的「虛擬」。

「象」寫入詩中，再怎麼真實，亦會因不同的讀者而產生不同的「意」，那麼，真實亦會變為虛擬。

在作者的立場，「意」雖然靠「象」來顯現，但是在讀者的立場，「象」卻散發著許多可能的「意」。

在現實世界上，「象」是客體，有一致性的解讀，它真實。

在詩中，「象」與「意」結合，是讀作者主觀的運作，它已非真實。

【詩課之十二】超越概念

概念，是形而上的。

詩人的情志，都是「概念」。「概念」可以直接說出口，直接輸入腦中，不需經過轉換。有很多這樣的詩，露骨、挖心、掏肺，直接書寫著概念的文字。

詩，底層是情志的抒發，外層則是意象藝術的玩味。唯有透過具體意象的觀照，突破「概念」的單一意義，才能伸向更多且無限的情志解釋。

詩，若一開始即受概念桎梏縛綁，詩，只有死亡。

【詩課之十三】間接反映

「反映」這詞，包含兩種意義：「反應」和「映照」。

詩，是個人心智和情緒的反映，也是社會現實生活的反映。

心智上的感悟和情緒上的喜怒哀樂，沒有直接向對象（當事人）反映，卻利用文字反映成一首詩；生活上的種種現象，沒有直接在現實社會裡處理，也利用文字反映成一首詩。這都稱為「間接反映」。

文字是詩人最基本的媒介，是詩人最強而有力卻也最脆弱的武器。強而有力，是因為詩的文字能反映一般人無法意料到的地方；脆弱，是因為詩的文字在反映上，常呈現出模糊性、不確定性、泛指性，而無法正確傳達出作者的意圖。

我們在這種「間接反映」的文字上意會詩作的內容，收獲的不是反映的內容，而是意會的詩趣。

【詩課之十四】文字的流浪性

詩人的語言，化身為文字，用文字表現了詩人的思維和情感。

文字，在詩人有意識的操作下，成為思維和情感的載體，載體成為與讀者溝通的媒介。

詩人的文字特性往往不是駐守，而是流浪。

文字有了流浪性，就會充滿了不可預知的變數，第一個字詞碰觸第二個字詞的時間，可能需好幾分鐘，甚或數小時或數日，這是指流浪所需的時間。而其所碰觸的字詞是什麼，不見得能預知，也不見得會結合在一起成為詩句。

流浪，最明顯的現象是空間的改變，文字從一個空間連結到另一個空間的文字，是詩人思想的運作和情感的伸入，當不同的空間對文字造成不同的衝擊時，詩的內在能量也被激發出來。

流浪者在時空的轉變中，用「自我」去對生命本體下了定義，因為流浪，就會有許多的第一次感觸，文字流浪，致使詩意呈現的，不再是駐守式的固定面貌。

流浪的特性，給了文字更多的「外遇」。

詩人創作，無非是許多「外遇」的結果。

【詩課之十五】詩的秩序

詩人的存在，都不能獨自具有完整的意義，他必須和過去，也必須和未來，更需和現在的詩壇發生關係。

面對一個詩人，你無從將詩人孤立起來評價，必須將他放置於時間和空間所形成的「秩序」裡。

將詩人放在「秩序」裡，有了不同的地域，或有了不同的年代，你才得以比較和對照。被忽略和遺忘的詩人，是因為他不在「秩序」裡，當然所有的評價輪不到他。

現在，有許多詩人想介入「秩序」，採取的方式有二，一是「排隊」，一是「插隊」。

「排隊」，是倫理的、道德的修為，只要你站上來排隊，你就在詩壇的隊伍之中。

「插隊」，是爭順序、搶位置的強勢行為，弄亂詩壇秩序，隊伍之列重新洗牌。

詩人的詩作發表後，則與自己的過往的作品形成「自我秩序」，而與其他詩人的作品形成「社會秩序」。

詩壇的「秩序」因新詩人的出現和新作品不斷的加入而改變，那麼，就讓「秩序」延續下去吧！

【詩課之十六】拒絕墨守

世代相傳，最怕墨守前世代的成績。

如果只是因循前世代的作風，因循再因循，只為了世代相傳，那麼，這種相傳的「傳統」，不要也罷！

傳統的意義在新世代的「重複」裡死亡。

傳統不是可以繼承的遺產，要當一位真正的詩人，不是去繼承，而是去創新。

雖然傳統具有歷史價值而珍貴，但它是用來鑑照，而非繼承。傳統，是讓詩人感覺自己所處的時代位置，和傳統形成一個系統的秩序。

檢視當代作品，只有發掘與前一世代迥然不同的地方，才足以評述及發揚。

如果詩人要意識自我的存在，那麼，不要墨守前一世代的成績，或許是必須謹記的座右銘；如果詩人要在詩的秩序上占有一個位置，就必然有別於傳統。

【詩課之十七】詩無進步性

詩，有沒有「進步性」？

現在的詩，會比以前的詩進步嗎？

時代在進步，可是，詩永遠不會進步，這是一個事實。詩的技術、材料、媒介會增加，但增加不叫做進步。

詩，永遠是屬於心靈上的產物，是一種活水，它只有流出，水就是水，沒有所謂進步。

詩雖然有所發展，但發展不是叫現在的詩去否定過去的，不是把過去的詩當落伍的物品丟棄。

現在的詩，有寫得比過去的好嗎？無從比起。

【詩課之十八】知識敗壞詩

知識敗壞詩？

正確的問法是：廣博的知識會敗壞詩的感受性？

詩，向來不是用知識感受的；詩的發端也不是來自於知識。詩的自身存在，無關於知識。

知識愈多，概念化的情況愈嚴重，一引用知識，詩就免不了有僵化的現象。

不是要求詩人不用學習各方面的知識，而是警惕詩人創作時，得把知識的概念降至最低，甚至可以「反知識」。

詩，強調的是「感受性」，而知識是強調「理解性」，放太多的知識在詩中，致使讀者為了理解而費工夫，「感受性」則遭驅離無疑了。

詩人，依生命的體驗來寫詩，而不是依知識的取得來寫詩。

【詩課之十九】破格

各個詩人的詩作，有人會定於一格，成為固定口碑的品牌。有的詩人不願定於一格，常推陳出新，呈現多元化。這種詩人在每次創作時，堅拒因循，刻意強逼自己創作時另闢新路，力求破格而出。

「破格」，是指打破原來的用途或理解，另創新意的意思，創作者受自我慾念或技巧的引動，而導致詩作的舊格局體制受到損害或解體，這時便是破格。

胡林翼曰：「辦事在用人，用人在破格。」我們可以引用說：「寫詩在用字，用字在破格。」這裡的「字」，應引申為寫詩的「技巧」，只有技巧改變，最能達到「破格」的目的。詩人的創作，突破框框條條而完成的作品，不一定符合現有文學藝術家熟悉的所謂常規定矩，這種情形可以說是非比尋常的破格。

也許，懂得「不按牌理出牌」的詩人，正是把「破格法」運用得淋漓盡致的詩人。

【詩課之二十】發生

「發生」，這是一個非常美妙的詞彙，它代表了一種情境的出現。

從「無」形成「有」，是一種「發生」。詩創作是如此。

從「有」轉化成另一個「有」，也是一種「發生」。詩創作或是如此。

當寫詩的衝動和靈感來了，就注定要「發生」。衝動和靈感，都是詩的胚胎。

在「發生」的過程中，將「衝動和靈感」加以培育，讓此胚胎逐漸成長為一完全的詩體。

詩人要將情感與生活發生關係，詩的衝動和靈感才會源源不斷的發生。

這是詩的「發生學」。

【詩課之二十一】日常語言

我們因為使用「日常語言」而能不分區眾，進行意思的傳達和溝通，老人對小孩，儒者對村夫，所說的話就是日常語言。

同一時代流行的語言，也是「日常語言」，雖然不同年齡層各有不同語彙的習性，只要被大眾接受，特殊的語彙也會成為日常語言。

詩是用甚麼語言？這是沒有規範的。

詩的曖昧朦朧問題可能出在語言的表達，「詩的語言」所意味的，不是多於「日常語言」所能傳達的，就是少於「日常語言」所能傳達的。

每個時代，詩的語言革命都有回到日常語言的傾向，從日常語言中找到新的生命。

「日常語言」是不斷變化的，詩的語言雖然堪稱走在前端，但其實是落在其後。

甚麼樣的時代說甚麼樣的日常語言，詩人，亦是如此。

【詩課之二十二】獨語方式

詩人純化自己的心靈，大都採獨語的方式寫詩。

詩人所偏倚的自由，唯有在獨語的方式中才獲得極度的尊崇。

獨語，是指不受干擾、沒有摻雜非自願的語言表達。

典故的引用，不是獨語；資料的引用，不是獨語；互文，不是獨語；接龍書寫，不是獨語；超文本，不是獨語；活字拼貼，不是獨語。

要保持心靈的原始狀態，獨語寫作是最佳的方式。

【詩課之二十三】超越雕琢

寫詩，不是一字一詞的推敲，不是一行一行的排列，而是整首詩的鳥瞰。

「渾然天成」的作品，往往是指作品整體散發的自然感覺。

「匠意經營」的作品，卻可從作品的字詞行間露出雕琢痕跡。

只看字句雕琢的美，將詩的創作和欣賞導入純花拳繡腿的追求，這是不健康的。

每一行每一句都雕琢的作品，意象的確繽紛，字句的確熱鬧，叫人讚嘆連連，但也叫人喘不過氣來。讀這樣的詩，心是無以平靜的，無以昇華的。

一首被讚美的詩，如果充其量只不過是修辭技巧的雕琢時，則是詩人的悲哀。

「渾然天成」的作品，本是生命自然的體現，在每個人的心靈裡都存在著，只不過有些人忽略了它，而呈現不出來。

【詩課之二十四】非寫實

詩，如果只是情志的抒發，那麼，就無寫實的詩可言。

詩，如果取材於現實的，但經過情志的潤飾後，也已非百分百的寫實。

寫實的詩難寫，太過於寫實的詩，其實可能只是一篇報導散文。

寫實而不流於散文化的現實複製，需要一些非寫實性的運用。

「非寫實性」就是：將寓意、象徵、誇張、變形等多種文學技巧隨心所欲的兼取並用，透過語言文字任意的進行組合。

然而，詩絕不是把目的放在追求非寫實技巧；有了天馬行空的想像，仍需要以現實人生來鋪出踏實的土地。

取得平衡的方法是：在寫實的情境中雜揉著非寫實的元素，反之亦然。

總之，詩人的努力，是在寫實的架構上，建立一個非寫實的想像空間。

【詩課之二十五】私我

「我執，我困，一切皆因私我。」這樣的話放在詩創作上，似乎不太恰當。詩，不是私我夢囈的記錄嗎？不是私我情緒的發洩嗎？如何能叫詩人放下「私我」？可是佛家認為「私我」是「業」的製造者，是一切行動的主宰者。

某些詩人因為偏愛「私我」，故而詩中充滿了「我寫我」的唯我之現象，讀這樣的詩，就像進入一個私密而封閉的地下室，不見公眾的日月星光、風雪雨露。

因為深信寫作的確是私我的創造，所以有些作者從群我中分離出來，就安全的退縮到私我的空間，建構私我的語言、格式、秩序、章法、形狀和規則，凝結成狹隘、封閉的私我體制。無疑地，這是病態。

詩和所有的文學藝術，都是在「群我」的加減乘除中才得以發展和成就的。「私我」和「群我」之間可以建立共生關係，私我的吟詠可以結合某一範圍「群我」的記憶，互相指涉，相互通融。這才是正常的形態。

一個私我太過強烈的詩人，無法真正和讀者產生對話，則他的詩作將難以給予讀者相似的經驗認同及引發共鳴。

「放下私我，走入群我，則左右逢源。」或許象牙塔中的詩人可以一試。

【詩課之二十六】看不見

在現實中，我們看見現實。

在詩中，我們不只看見現實，而且看見非現實、超現實。

可是，因為詩人的技巧風格和創作取向，往往其形成的作品，不見得能讓一般讀者完全看見詩裡的東西。

看不見，是現代詩普遍存在的問題。

閱讀一首詩，能否「看見」，大致可作三種情況：

一、詩人將現實中可見的事物景象寫於詩中，讀者藉由詩的閱讀，而只看見了詩人描述的現實。

二、讀者閱讀詩作時，看見了現實中不可能看見的事物景象，這事物景象正是詩人所創造的「意象」。

三、很多詩人因為語言的獨特，或取材的冷僻，造成讀者閱讀上的困難，因而也看不見詩中的意涵。

看不見，是讀者的悲哀，是詩人的遺憾。
詩，瞎了。

【詩課之二十七】地方性

詩人常為語言的選擇而產生困擾。

詩，若只寫給自己閱讀，用個人性的語言，則無可厚非。然而純粹個人性的語言是很難存在於詩壇，詩人也很難只用個人性的語言創作。

詩人用語言文字表達其經驗內容，在傳輸給讀者的同時，必須考慮到讀者接收能力，也就是要衡量讀者的語言文字是否有相似或相同的習性，如此，才能溝通。然而詩的給出，不是溝通；詩能否由作者流向讀者，要看讀者所適用的渠道。

詩的語言，普遍的是有地方性和族群性；個人性和世界性的成份並不高，而且不太可能。這是事實。

每個詩人都無法斷絕自己的母語，也無法自外於所生活的地方和族群。

詩人所要寫的詩，也無非是寫給自己的地方和族群看，那麼表達的語言文字，將也以適用於地方和族群為原則。

不同的語言可以表達同一種思想；但不同的語言，卻不能表達同一種情緒或感情的詩。所謂翻譯，就是會遇到翻譯後，詩味完全走樣，這正是詩的語言文字之不可翻譯。

詩，沒有世界性的語言。

地方性的語言包裹著個人性的語言，這正是詩人得以形成其個人語言風格的方法之一。

【詩課之二十八】不知所云

讀者最困擾的是，常常遇到一些「不知所云」的詩作，看不懂詩裡在表達什麼。讀者因為釋不出詩裡詞句構成的意義，而感到「不知所云」，茫無頭緒。

如果「不知所云」四字對詩是一種負面的批評，那麼，這是讀者的過錯，還是作者的過錯？不妨換個角度思考，如果「不知所云」是指一種感覺，而不是指「不懂」的理性問題，會不會對詩有了另一層次的體會？

把「不知所云」看成是詩的一種美，就如看抽象畫，欣賞畫中的線條、色彩、造型等等構成的美。

對「不知所云」的詩，也採取同樣的欣賞態度，把作品裡看不懂的字句當作抽象的線條、色彩般的欣賞就好。

尊重寫出讓讀者感到「不知所云」詩作的作者，因為創作是自由的。

詩可以用「不知所云」的樣子存在，它有存在的權利。

【詩課之二十九】有機詩作

許多文學創作，愈來愈不自然，其中最為嚴重的當然屬新詩創作。

許多詩作者把詩當作生產食品一樣，為了著色、調味、防腐、增加香味、安定品質、防止氧化或其他用途，而在詩中放了各種添加物，例如：「私密暗語」、「專業名詞」、「典故」等等，讓詩作變得很精緻，讀這樣的詩就好像吃著精緻加工食物。

但是，這樣的詩吃多了，只是玩弄了讀者的感官，不見得會使人的精神健康。

有機詩作，是講求詩的來源是原始狀態，以及自然的形成，創作者要像一塊土地，而不是像一座工廠。

有機詩作，是極簡烹調，不必經過繁複的手續即寫出的作品，少油、少鹽、少糖，讓詩作口味清淡，營養卻不流失。

現今許多年輕詩作者，都喜歡重口味的詩，而文學獎比賽往往是重口味的作品易於得獎，當他們吃多了這種作品後，其體型也變成臃腫不堪的胖子了。

詩作一氣呵成，實難再多作變動，尤其詩語言的調性，如同行雲流水，自然為要，但這

「自然」是指自己的內在自然，「適心」也。

參賽作品，雖然得經過精心設計，較易在初複選過關，但真正在決選階段，評審考量的往往是內涵、意義和感動，過於雕琢的詩作，反而在最後因不具感動性質而遭落選。

【詩課之三十】表現與表達

創作，無非是在表現。

發表，無非是在傳達。

詩人創作，講究表現，藝術層次才會升高。但作品的發表，講究傳達，讓讀者得到意義或訊息或啟迪（包含歧義的可能）。

表現與傳達，只是前後的過程，本來是一體的，但有些詩人卻將之割裂，只取「表現」，而完全忽視「傳達」，甚至排斥「傳達」，他們以為詩只在自我表現中就算完成了，而無視於他人的閱讀。如果無視於他人的閱讀，那又何必發表呢？

發表的目的，就是傳達詩文本的意義。有些詩人的作品根本傳達不出什麼意義，讓讀者理不出頭緒來，這樣的詩作好像雙手藏在大衣裡比手勢，或好像戴著口罩說話，讓讀者看不出也聽不出詩作想表現的是什麼。詩人還說詩就是這樣的「表現」而已，真是自欺欺人！

一個真正的表現，是還要能傳達出作品的意義給讀者，假如傳達不出來，那樣的作品基本上是失敗的。

同樣的，編一本刊物，就是在協助作者，讓作品能完成傳達的儀式。

卷二

少年的詩人札記

從楊喚到我的年少詩情

1

楊喚在〈童話裡的王國〉中寫小弟弟是騎著白馬到童話王國裡去的，而我是騎著白馬到詩的王國去的，迷上詩的我已是一名少年。楊喚寫的詩作〈二十四歲〉形容二十四歲是白色小馬般的年齡；我開始詩的創作才十七歲，應該是更幼小的白馬。白馬，像雪似的，降臨在我的腦裡，牠隨著我的思想行走；跟著我的感情奔馳。牠，有時消失了。我開始想以一條繩索繫住牠。我編織繩索，用語言，用繪畫，用音樂。最後，我選擇了用文字。

2

我用文字編織了繩索，一端繫著白馬，一端繫著我的青春歲月。從臨海的小鎮翻越大肚山而來，將白馬繫於台中盆地。當時，我遇見幾位同樣騎著白馬的年紀相仿的青年，漫步於校園裡。是的，我們自然而然的就聚合在一起了，展開一場馳騁詩壇的約定！一向認為自己是下墜星球的蕭文煌，以彗星之姿燃燒自己。陳珠彬在晝與夜之間，以一棵藥菊之芒劃破非常茶色的毯。莫渝啊，將沒人要的成頓孤寂，說與孤寂聽。呂錦堂畫圓成日，切弧為月，用馬蒂斯的桃花裝飾自己。陳義芝溯目的是一川不敢瞻望的歲月，映著一圓咯血的夕照。洪醒夫那年秋天的兒歌，往往只唱開頭幾句，便不能把它唱完。而我，茫茫然，牽著白馬與河同悲。掌杉說：我們原是不該成長的足跡，出現於未舉步的遠方。瘂弦的詩作〈歌〉寫著：

> 誰在遠方哭泣呀
> 為什麼那麼傷心呀
> 騎上白馬看看去
> 那是戀

是的，我們戀著詩。我們堅持騎著白馬。後來，我們在那個時代，真是詩壇的「後浪」。誰不喊著：「後浪來了！」浪花在台灣中部的西海岸沙灘上寫下匹匹白馬涉水的蹄印。那是一九七〇年代的事了。

3

我在一九七〇年代的流浪意念一直延續下去；詩，變成我的鄉愁。精神上，我是一名憂鬱的異鄉人。柳川岸上的柳枝和我額際的髮絲拂去我那段蒼茫的日子。我行，隨著存在主義的思想散步。我寡言內斂，白馬卻代我嘶鳴。北方詩人國度的周夢蝶聽到了，我最最生命底層的聲音。蕭蕭如風，催我舉步出發。我背起行囊策馬馳向龍族。回首，才知我在和自己的影子競賽，向著光，我永遠超前。回首，才知我的影子停留在本土哀嚎。我倦怠地放下手中的繩索，只是白馬不願離去。

4

再上大肚山，西望台灣海峽，我終於落腳，求生。生活是苦悶，所以藉由詩來抒發。相思林的黃色花穗和鳳凰木的紅色花瓣依然燦爛。我的白馬又自在的活著，召喚著我再度去擁抱牠。然後，我捨下功名爵祿的冀望及學業的深造，純粹生活和寫詩。無非我的內向個性使然，淡泊無為。我不慣於向外放射，只是安於向內凝視。我吸納著光，而不是映照著光。所以近在周圍的人感覺不到我的存在，還因為：他們不寫詩。只要暗夜形成，我坐於孤獨的位置，掌燈。羅門以他的靈視看見了燈裡的我，包在燈罩裡的一個渺小的火焰。白馬在暗夜的星空飛翔，以想像的翅膀，拍擊我的夢。那是一個不斷重複的夢，接近黎明，卻盡速陷落於黃昏的籠罩下。我被夢的使者帶走。

5

想起獨釣寒江的林興華失渡時，合十，膜拜自己。想起李仙生在我驀然回首時，他那溫暖的影子依舊微笑著。想起東海的李勤岸或牧尹，他說樹的哲學是在發表翻新的語言。想起許茂昌的誓言：「當我倒下，請用一千首詩把我埋葬。」我實在不忍，不忍詩人會在時間裡絕版。許多個日子以來，總在思索曾騎著白馬的同伴往何處去了。詩，會是青春的遺產嗎？白馬，會離開青春嗎？遺忘已經開始，傷口忘記了執刀的那隻右手。結成疤的，也許有一天都一一還原為血和痛。二十一世紀的詩人怎麼看待我們現在這一代？我們怎麼走下去？涉水無聲，踩泥無跡，蹄過無痕？這些問題在詩史上只變作一兩個註解罷了。就像一兩滴眼淚，何必在乎！

6

到了一九九〇年代，詩，仍然是我唯一的鄉愁。在這座現代詩的島嶼上，鄉土是我的畫面。但我堅持從內裡寫起，不單單只寫外表；而寫內裡必寫到最深處。因此，看見我多麼的超現實，而看不見我多麼的鄉土。詩之所以為詩，不在於內容是什麼，不在於技巧有什麼。詩，在於它自身的存在位置，是否能建築於人的心靈裡。我逐漸有一些些體認時，歲月恍惚已過二十數年。此刻，我又懷念起楊喚〈童話王國〉裡騎著白馬的小弟弟。我撫著詩稿，喃喃唸誦著瘂弦的詩作〈歌〉：

誰在遠方哭泣呀
為什麼那麼傷心呀
騎上白馬看看去
那是戀

那是戀嗎？戀著年少青春，戀著昔日寫詩的伙伴，戀著那場約定。既是戀，亦即宣告：心願未了。我，我們，還沒完成的詩篇。何不相約騎上白馬看看去？看台中盆地，看大肚山，看西海岸。看看誰在遠方哭泣，是未舉步的，另一匹白馬嗎？是我們永遠的鄉愁嗎？

一九九七年十一月寫於大肚山麓

詩人的二十歲和五十歲

同一個人在不同的年齡，對世事或文學可能會有不同的見解，這大多是因為人的心智成長階段及前後經驗累積而造成不同的。

二十歲的人和五十歲的人一定有相當的不同之處，二十歲左右的年紀，衝勁力特別強，敏感度特別高，創作慾特別盛，參與文學活動的意願特別熱中，比起五十歲的臨老之狀，那種蒼蒼茫茫之感，顯然是兩種不同的境界。

記起好多年前，曾寫過一首詩，詩題是〈二十歲已相當老了〉，內容如下：

二十歲已相當老了，我竟然不知道
今年嚥下二百三十多片阿斯匹靈
仍然是手擁抱著腳，逐漸萎縮的身子
二十歲已相當老了，我竟然不知道

去年終日自己擁抱自己，那付相扣的門鎖
外界的訊息輕輕敲過重重敲過啊

二十歲已相當老了，我竟然不知道
明年將要遠行隨身攜帶一口箱子
裡面放著十一歲寫的情書十九歲寫的遺書

詩的內容是相當頹廢與苦悶的，根本不該是年輕人的一般面貌，然而，這卻是當年所謂「文藝青年」的寫照。詩的第一段寫年輕人的病容，靠藥物維持生命，而身子已逐漸萎縮；第二段寫年輕人自我封鎖在自我的世界裡，排斥了外界的訊息；第三段寫年輕人將自我放逐，攜帶的只有情書和遺書。浪漫的情懷與悲涼的氛圍交織在詩裡，這就是二十歲時的詩思狀態吧。

五十歲的時候呢？五十歲當然比二十歲更老了，搭公車到區域醫院，掛的是定期回診的慢性病號，吃的藥已不只是阿斯匹靈了；人老了，伴侶與老友逐漸凋零，再也難建立新的換帖知己，比起年輕人更是終日擁抱自己，耳聾目瞶，如何能獲得資訊？

人老了，遭世人遺忘，亦如同放逐，在時代的邊緣遠行，在發黃的情書裡惦記情人的美貌，在顫動的遺書上滲濕最後的淚痕。

文學創作者，永遠是這副模樣嗎？

每一個人都有可能曾經有過一個時期是文學創作者（或模仿者），用文字為媒介，把那一個時期的內心情感或腦海幻想抒發出來，寫些札記，寫些短語，甚至發展成詩篇、散文、小說、戲劇等等文學類型。持續者，變成了詩人、作家。

二十歲的時候，有多少人想成為詩人或作家！但是，有多少人在面臨一大堆文學問題時，卻徬徨無助，就以詩來說，詩是什麼？眾說紛紜，莫衷一是。

有人說：「詩是人類精神活動的精髓。」精神活動即是思想和情感在人我之間的運作，小至個人，大至整個時代，也就是說，詩不但表現某一個人的精神，亦可表現某一時代的精神。要了解一個詩人的生成及養成，不妨先了解他的時代環境，如何造就詩人的人格及詩作的風格。

時代環境在變，詩人的作品也在變，但也有其不變的成分，從二十歲的作品中，也許可以看出未來五十歲的作品風格。詩的語言因時代的供需而改變，語言是文學創作的工具，新的語言加入，與舊的語言融合，牽連了詩的形式及內容的變動。

工具的改變，所做出來的作品也會跟著改變，明顯的稱之為「文學的革命」，文言文進入白話文為一舊的革命，文本進入超文本為一新的革命。

詩是語言的文學，語言在狹義的範圍內是指以口敘述的話語，在廣義的範圍下是包括文字語言、圖像語言、聲音語言、肢體語言……等等。

傳統上，大都以文字語言為文學家所運用及呈現，圖像語言則為畫家所運用及呈現，聲音語言則為音樂家所運用及呈現；可是，電腦語言超文本的出現後，語言變成多媒體的形式，文字和圖像和聲音混合在一起，而成為超文本作品。這是拜電腦科技所賜，新語言——超文本作品於焉誕生，而成為的語言工具革命。

「超文本」（hypertext）：原是指一種非循序的資料管理方法，將資料儲存在由文字所組成的節點上，這些節點透過鏈結的方式串聯成網路結構。超文本作品即在發揮這種非循序的方式、鏈結的功能等等特色，並加入圖像為節點，輔之以聲音影像，設計互動功能，於是，在廣義的文學認知下，超文本便成為最新的文學語言。

詩人是最敏銳的語言創作者，以前稱詩人為文字語言的魔術師，進入超文本後，詩人則被稱為文字語言的導演，編導文字語言在電腦網路上演出，文字變成一種角色，和圖像、聲音等不同角色合演一齣文學戲碼。如果說創作的根本精神是追求新穎，「超文本」的形式已是現代文學創作者考慮選擇的方向。

文學創作者是沒有年齡大小的區別，不管是二十歲或五十歲，都要真正思考文學語言演進的問題，運用新的語言不是新生代的權利與專長，前行代更不該排斥新的語言。

在網路上發表超文本作品的作者，已不是年齡所可區隔的世代。至於文學創作者的模樣變成如何，外表的老醜均掩蓋不了創作精神露出的光芒，何況二十歲正是想像力最強的時候，五十歲正是經驗最豐富的高峰，想像與經驗均是創作的輪子，向文學的願景前進，有待它的不斷轉動。

當一名文學創作者，五十歲和二十歲也應該有許多相同之處，除了都能接納新的文學語言外，還要能隨著文學版圖的時空轉移調整創作方向，且能持續創造的想像力，發掘人性，了悟人性，堅持良心創作。若能如此，文學創作者便沒有年齡的區分，大家不分老少一齊來為二十一世紀的台灣文學努力了。

孤寂的遊戲

一九六四年，大約於初級中學三年級，我開始嘗試寫詩，至今已有四十年了，其間波濤洶湧的種種思潮，衝擊著我的腦袋，逼迫我試圖在每個創作階段搶灘登陸，插上不同的詩風旗幟，曾以「後浪」自詡，幸在早期被好友洪醒夫的「細水長流」四字勸戒而能自惕。因此，我不敢把寫詩當作一種使命或責任，而寧願看作是一種沒有規則限制、也沒有輸贏賞罰的遊戲。參與遊戲者永遠只有三人，一個是過去的我，一個是現在的我，一個是未來的我，但其實三個都是我自己，這樣的寫詩可以說是孤寂的遊戲。

一般遊戲可以忘我，寫詩遊戲卻曾讓我牢牢的抓住了自我，一切以自我為中心，凡我所視，皆由我所獲，凡我所欲，皆為我所現，玩著詩的帝國主義遊戲，占據圖書館為自我城堡，差遣文字到處拓展心靈的殖民地。可是，我的子民只有自己，那是容易自我陶醉與破滅的遊戲。一九六九年底，一首由洪醒夫送交至周夢蝶再轉至詩宗社發表的散文詩〈茫顧〉，正是我這種遊戲的寫照：「我原想長成月亮或者太陽，但我種下的卻是一粒不會發芽的星，在心中慢慢成屍，化為燐火而已，化為燐火而已。」無光的燐火，飄忽不定，無法照亮任何一塊黑暗。

受到詩人作品的誘引，玩起追逐的遊戲，詩在哪裡，我就追到哪裡，而詩總是神奇的跳離到不同的方位，我時而觸及到詩，時而落空，不知詩的去向。彷彿是楊喚、洛夫、瘂弦、羅門、商禽等等前行代詩人的詩在戲弄我，我追逐得像詩痴，不知不覺的在這種遊戲中借到火取到暖，詩的生命因而舒展成長，在七十年代，友人掌杉即已發現了我的詩作血源，而我當時竟然不知，仍沉迷於詩的追逐遊戲之中。

無止盡的遊戲並不會叫人疲倦，寫詩，寫到樂此不疲的狀態，往往是詩的遊戲有無限的可能。用扮演角色的方式寫詩，無疑的是我喜歡的遊戲，如同七十年代時創作的《驚心散文詩》後記所說：「我彷彿先置身於一幅詭異的畫前，或置身於一個荒謬的劇場中，再虛構現實中找不到的事件情節，營造驚訝的氣氛效果，並親自裝扮會意演出，把自己的情緒帶至高潮，然後以凝聚的焦點做強烈的投射反映，透過綿密的語言文字寫作。」像這樣歷經每一次的角色扮演遊戲，我整個身心有如從浩劫中歸來，或能舒坦，或仍緊繃，好友蕭蕭說這是「戰慄」，我不也玩著存在主義者卡繆和卡夫卡的遊戲？

其實，我更喜歡回到小時候玩的遊戲，在任何時空，只要一出神，我就會通過幻想玩起「將自己隱形」的遊戲，讓週遭的人看不見我，也許隱藏在某一個物品裡面，也許隱藏在某一個生命體裡面；或玩起「將自己變形」的遊戲，也許變成動物的形體，也許變成物品的形體，如此來觀察世界、體驗生存環境、感受生命價值。這樣的遊戲一直延續於我每個階段的創作基調裡，甚至這樣的遊戲讓好友陳義芝對我產生了「藏鋒不露，含光不吐」的印象，其實我無鋒可藏，無光可含，我只能以玩著隱形或者變形的遊戲催促我的創作養份，藉隱士之名悄悄掩飾自己的鈍拙和晦暗，如此的我，多麼愧對於人啊。

另外有一種遊戲是要乘坐時光機的，可以讓時光前進或倒退，我屢次玩這種遊戲來寫詩，在時光機上按鈕啟動航行，瞬間回到童年，與自己的童年對話，找尋曾經生活在一起的童伴，重溫童年的生命空間，致使我有如李癸雲說的：「他的書寫意識裡也常表現有個小孩在後頭執他握筆之手教其描摹的情結」，是往回長大的小孩。是的，我是往回長大的小孩，期待時光機能讓我永遠留在童年的夢土。

最漫長的遊戲莫過於長詩或組詩的創作，那是一種長期的作戰遊戲，凡戰備物資、攻略計畫、沙盤推演等等，無不耗費時間與心血，但一進入到作戰過程及玩到作戰結束，不管是捐軀沙場或是凱歌奏捷，都有某種程度的成就感來自我安慰，《河悲》詩集如此，《小丑》國台雙語詩作系列如此，《古詩變奏》系列如此，《草木有情》系列如此，《童話遊行》裡的九首長詩如此，一九八九年，林燿德說寫長詩的我是一個典型的例子，「呈現出一個隱藏作者發展的軌跡」，是「非事件的大事」，是嗎？我只是從玩隱形的遊戲到變成隱藏的作者而已，默默無聲於創作，像一隻爬行於晨昏之間的蝸牛，那些長篇作品，是蝸牛爬過的長長痕跡罷了。

習慣了以上三十年的紙本為場域的遊戲，到一九九四年時，我的心靈魂魄居然被電腦所建構的遊戲場域完全攫奪，從文本轉換到超文本，從單純的文字增加到多媒體，我玩得廢寢忘食，把詩玩得幾乎質變。我利用電腦軟體玩起文字的導演遊戲，我讓文字成為演員，給予劇本，指揮文字進出場、走位，教導文字的肢體動作和表情，讓文字成為如「駭客任務」或「臥虎藏龍」等電影中的人物，能飛簷走壁、上升、下降、懸浮、旋轉、跳躍、淡入、淡出，化靜態文字的不可能為動態文字的可能，然而這樣玩文字的目的是什麼？李順興說：「配合數位科技的進展，並融合解碼等其他待開發的表現形式，需求新型閱讀行為的數位作品將展現出更豐富的美學內涵。」我知道，通往詩的殿堂有許多條路，超文本是新發現的一條路，它的風景無比的綺麗多采，需要用數位技科的電腦軟硬體來開闢，對詩人來說是最艱難的挑戰，我玩這種遊戲，是因為可以找到詩的新視界，美麗的新文字，現代詩人怎能故意忽視而輕易放棄它呢？

我玩寫詩遊戲至二〇〇五年，已有四十年的光陰，感謝許多詩友的提醒，讓我在四十年孤寂的遊戲中不致於走火入魔。我知道遊戲仍會繼續下去，無法終止，我心理已有所準備，因為新的遊戲正等著我來挑戰。

假如語言是有形的固體

詩人夏菁在一九八五年出版的第五號《藍星》詩刊上，有一首散文詩寫著：「假如說出的話，不會消滅，而是一串串或一粒粒的固體。它們會充斥你的書房，課堂，或路旁。你必須將它們收集起來，暫時儲藏，或棄於蠻荒。」

語言成為有形的固體，不會消滅，那會把我們的地球搞成什麼狀況？古聖先賢不是勉勵活著的人要有立言嗎？現在不用文字書寫了，只要不斷說話，語言的固體顆粒不斷從嘴巴釋出，像磚塊可以堆砌成塔，說得愈多，所立的語言之塔愈高，然後可以書上自己永垂不朽的大名。這樣，誰輸誰，只要有一張嘴巴，就可留名於萬萬世代。

但也別太得意，語言是有形的固體以後，搞不好一說出口，就會成為那些棄之而不會消滅的塑膠垃圾，成為人類環保的夢魘，可是人類不說話又不行，電視新聞主播要不斷的說話播報新聞事件，那些話明日之後都成了垃圾，假如不能消失，而又是固體，你看你家客廳裡電視機前不是堆滿了新聞垃圾嗎？而搶鏡頭做秀的政客們在議堂大發謬論，語言丟來丟去，簡直就像垃圾大戰。語言垃圾一多，焚化爐燒不了，政府得要蓋多少掩埋場？那你願意你住的社區土地有焚化爐和掩埋場嗎？

不過，假如語言是有形的固體，搞不好會像肛門排放出來的糞便，水一沖，就流入化糞池，不影響他人，這情形還好。語言像糞便，宿便太多有害身體，所以排放語言，是一種健康的行為，而且如果是糞便，因汙水處理廠的處理技術已非常科技，不致於讓那些糞便語言產生對地球的汙染。只是語言落得與糞便同名，那大家見面一出口，不是糞便噴得滿臉滿身嗎？與愛人相吻，那真只有臭味相投才吻得下去了。

但詩人夏菁說的是「不會消滅」的語言固體，不會消滅，就會占據空間，空間變小，人的活動範圍也縮小，最後，人們被自己的語言悶死。

詩人的語言就是詩，你想，說得太多的詩，空間變小，那還有什麼可讓讀者思考迴旋的餘地？

一本詩集如何變成一頭小獸？

「隱題藏頭詩」，顧名思義就是將詩人洛夫提倡過的「隱題詩」和傳統演化而來的「藏頭詩」結合在一起，這雖有點兒四不像，但詩的創作不就是要勇於實驗、融合，才能發展出各類型的詩形態嗎？

原本「隱題詩」的條件是詩題必須是一個詩句，但是一個句子很難判斷是否為詩，故而這個條件可免了；「藏頭詩」的條件是所藏之字須藏於每個句子的第一字，但新詩有一句斷為兩行或數行的，況且句頭不見得是行頭，行頭也不見得是句頭，故而這個條件也改了，改成藏於行頭，以符合新詩分行的形式。換句話說，就是「詩題的字，是放於詩的行頭，而非句頭」。明白了這個作法，則本遊戲就能脫離造詞造句的譏諷，而產生千變萬化的形貌，也就更展現新詩分行斷句的藝術了。

把條件放寬，讓這個遊戲更為簡易，不會造成參與者認知不同產生困擾，只不過詩題明明是「一本詩集有如一頭小獸」，要寫的內容是：詩集為什麼像一頭小獸？如何變成一頭小獸？詩集像一頭小獸時，情境是怎樣？可是有人卻忽略了，甚或自行另立題目，原詩題十個字是做到藏頭了，可是內容幾乎不切題旨。選稿者要怎麼辦？基於詩的自由性與多義性，能扣合詩題的當然符合要求，但若稍微出格還能言及詩的，只要表現優異，盡可能會放於考慮範圍之內。

除了認清遊戲規則及掌握題旨外，接下來就是創作策略與技巧的運用了。

初步仍須先從詩題「一本詩集有如一頭小獸」切入，仔細分析，此詩題單純是一物比一物的比喻句，似乎想像已受限於一個比喻，若只運用這個比喻去經營一首詩，詩的內容顯然狹窄，思路難脫這個「詩集像獸」的想像。那要怎麼去突破或豐富內涵呢？

其實，隱題詩的妙門這時才打開，眼尖者定會先找出本詩題目中的三個「節點」，即「詩」、「頭」、「獸」三字，這三個字都是具象物，可以明確形成詩中的基本素材，例如：詩，可以有詩作、詩集、詩人、詩刊、詩社等素材可寫；頭，可以有頭腦、頭髮、頭皮、頭巾、頭盔等素材可寫；獸，可以有獸、獸皮、獸醫等素材可寫。若進一步從具象物轉化為動詞、形容詞或轉義詞時，詩的素材就變得活潑些，例如：詩，有詩化、詩情畫意等詞；頭，有頭目、頭版等詞；獸，有獸慾、獸心、獸香等詞，如何擷取應用，端視詩作表現之所需。再者，若是運用到「斷詞為行」的策略，則「詩」、「頭」、「獸」三個字可強迫性的變為詞尾字，例如：情詩、讀詩、裡頭、碼頭、野獸、怪獸等等語詞，第一字先寫在行尾，第二字接續在下一行寫在行首，雖然斷詞為行的作法很是勉強，但運用得妙，「隱題藏頭詩」的創作就不再那麼的僵化。

前面說的「節點」（nodes）的觀念來自超文本，通常一個節點代表一個名物或想法，這個節點可以作無限延伸的連結，換在「隱題藏頭詩」上來講，一個節點亦可代表一個具象詞，例如：詩、頭、獸這三個字。一首詩，不管意念如何流動轉變，都得與這些具象詞發生關係，從這三個具象詞去延伸意象，否則詩有可能流於空洞、抽象、概念，更有可能離題。

當詩有了節點，就可由各個節點去形構詩的內容、意象，以及無限延伸的連結其他具象物，例如：詩集可以連結桌燈、筆等，頭髮可以連結鏡子、風等，獸可以連結森林、獵槍等。當然，連結的空間可以跳躍，把毫無關係的事物連結在一起，例如詩集可以連結河流，頭髮可以連結小提琴，獸可以連結美女，這樣一來，想像奇特，寫出來的詩當然會出人意料之外。

作者也可以在「一」「本」「集」「有」「如」「一」「小」這七個字行內自設其他的節點，與「詩、頭、獸」三個節點交錯組合，以充實自己作品的內容，因為自設的節點等於是附加素材，是自己調理的作料，所以也是自己作品特色之所在，甚至可以覆蓋過「詩、頭、獸」這三個基本素材，作品能否勝出，在內容上揀選素材、組構素材，實為重要的關鍵。

有了策略，並非能真正的寫出一首好詩。寫詩，仍須回歸到詩，分辨「詩的遊戲」和「文字的遊戲」是有不同的層次。詩的遊戲，是詩；而文字的遊戲，只是文字，尚不算是詩。作為一位評選者，哪首作品該選，哪首作品該摒棄，是以此劃分界線的。此即牽涉到語言的問題，詩的語言忌油，而文字遊戲最容易油。油，會令人厭膩、不舒服，文謅謅的用字遣詞是油，賣弄學問或見識是油，太過於理所當然的文意是油，所以能避開油，詩的遊戲在第一步就不會變成只是文字的遊戲。

本次「隱題藏頭詩」遊戲的評選觀察，我不對個別作品逐一評論或賞析，只綜合的談談創作策略和觀察心得。最後再說出一點個人的感覺，即是看完所有「隱題藏頭詩」的投稿作品後，彷彿看到了一幅奇特的景觀，「一本詩集有如一頭小獸」十個字，本來像懸吊在一根曬衣竿上的十個空衣架，經由各位投稿者晾上不同花色不同樣式的衣物，不管是私密的內衣褲，或是洋裝、外套、制服、襪子、毛巾等等，擺置在陽台上、庭院裡，然後，自成美麗的風景，近千首的投稿作品，有如近千個曬衣竿掛滿了衣物，或隨風曳姿，或豔陽曝暖，或翹望陰霾，或遇雨倉皇，每根竿子都有獸的意象披露晃動，感覺魔幻迷離、壯觀無比。

註：本文為聯副文學遊藝場【隱題藏頭詩】的駐站觀察

附：示範詩作

〈一本詩集有如一頭小獸〉

一盞燈飼養了許多影子
本來以為它們不是
詩人寫的意象，竟然暗中
集結成遊行的詩句
有肢體，有毛髮，有齒
如不安的群眾
一旦燈熄了以後，明天
頭條新聞標題會是誰的詩
小心查閱，再點亮燈
獸，猛然從詩集中躍出

張愛春明

「張愛玲」和「黃春明」除了是小說家的名字外，應該也算是一種語碼，一提到兩人的名字，必然想到他們的小說，因為他們是小說界的代表作家，名字指涉的意旨是小說。

我試著破壞一個語碼的完整性，例如，把「張愛玲」的字元「玲」塗掉，讓這個名字有了缺塊，變成「張愛□」，成為一個可能指涉小說又不是指涉小說的名字語碼。這會有什麼可能的、可思考的趣味呢？是的，讀者可以在「□」裡填入任何一個字元，讓它產生另一個意旨。「□」算是一種語言留白的形式，預備給讀者自行想像的空間。

我也試著把組成語碼的三個字元調換位置，例如，把「黃春明」重組成「春黃明」這麼一個未知意旨的語碼，它是原本大家熟悉的「黃春明」名字的扭曲、陌生化，卻也可能是另一個被大家認可的語碼之誕生。

或者，我試著更殘忍點，把兩個名字併合、割裂，例如：「張愛春明」這四個字元組成的語碼，它讓人想到含有「張愛玲」和「黃春明」兩個名字，但它何以併合在一起？變成什麼意旨？充滿了什麼疑問和可能的答案。若從原本的語碼看，一為女性一為男性，那麼會不會想到

「張愛春明」這個語碼是跨性別的，若從意旨來看，它不是原來所指涉的小說，那麼會不會指涉跨文類的？

以上這種對名字語碼的操弄，我的目的是在進行所謂「小說詩」創作的推演，歸納出寫作者「從小說語碼轉化為詩語碼」的方式，到底如何把小說的特色移植到詩的領域來，在詩的語碼形式下成為詩的一種新文類？

換句話說，以下兩組語碼分別象徵不同的意義：

1、小說的語碼：「張愛玲」、「黃春明」

2、詩的語碼：「張愛□」、「春黃明」、「張愛春明」

第1組「張愛玲」、「黃春明」兩個語碼象徵小說創作的特質，注重故事情節、人物形象刻劃、對話口語、心理描寫、反映社會現實等等。小說家，往往被視為生活經驗豐富、敘事能力強、情節佈局嚴密、很會編寫故事的人，所用的語碼具有明確性和肯定性。

第2組「張愛□」、「春黃明」、「張愛春明」三個語碼則象徵詩創作的特質，注重留白給讀者自行填入想像、語言扭曲或陌生化、併合或割裂跨文類等等。詩人，最注重意象的創新、隱喻的趣味、多重意義的象徵、斷句分行的形式塑造，所用的語碼充滿著朦朧性和未定性。

如果是小說家想寫「小說詩」，基本上是要保留小說原有的某些特質，然後再進行「語碼轉換」，學習用詩語碼的模式和法則來創作；若是詩人想寫「小說詩」，務必學會小說家在編織情節、刻劃人物等方面的能力，以及在詩人自我擅長的詩語碼中，去摻合小說直述性的語碼，讓詩作凸顯小說的風味。

詩人最愛在語言上搞鬼，像這個把小說轉為「小說詩」的實驗，只怕小說家受不了「語碼轉換」的困難度而興趣缺缺；那麼，詩人就不妨多一些擔當，把「小說詩」的面貌發展出來吧！

注視現實的眼睛

當我與《商禽詩全集》封面商禽畫像的眼睛對視時，瞬間，我的眼睛裡鑑照的，竟然是商禽的淚珠，耀著一圈圈迷濛而淒楚的光暈。

翻閱詩集內頁，每一頁文字，像是商禽在自己的身體上刮肉刻骨，一塊一塊，一片一片，再排列組成人間最深痛的詩篇。

商禽說：「由人所寫的詩，也必定和他所生存的世界有最密切的關係。」他所生存的世界，即是我們的世界、我們的土地、我們的台灣。商禽的詩，必然寫我們台灣在這個時代裡，對內在心靈和對外在現實引發各種衝擊的情境。

在這個時代，我們必須一起生存，一起穿越相同的時間和空間，一起閱歷人世的苦痛。商禽，他以最根本的人性尊嚴，凝結出人世間現實生活的苦痛，依此而釀造的每一首詩，可以說是商禽向世界告知苦痛訊息的方式。

雖然苦痛，但商禽卻沒有怨恨。商禽說：「唯一值得自己安慰的是，我不去恨。我的詩中沒有恨。」從詩集裡，我們果真看到商禽寫冷酷的現實、寫醜陋的政治，都不是以怨懟及仇恨的情緒來寫，他發出的，純然是卑微的、沉澱的聲音。

《商禽詩全集》這一本詩集，每首詩作都以濃郁的詩質和鮮活的意象，展現了人類在生存環境中對抗現實及與現實交融的情境，並構築了在現實中看不到的現實，那些看不到的現實透過商禽特有的奇思風格，編織成魔幻情節，繪製成逼真而立體的畫面，使人在閱讀時如親臨現場，生命被扣緊，心靈被震撼，情緒被抽動，靈魂被吸走。等我們闔上詩集回到現實後，會發現一切的現實變得通透，任何人性與非人性的困境都無所遁形。

在這個時代，我們擁有了商禽的詩，等於擁有了「注視現實的眼睛」。此刻，我的眼睛裡鑑照的，都是商禽的淚珠，一顆一顆，閃爍著他每一首詩作投射給現實世界的亮光。

答林婉瑜通訊訪談稿

一、意象是詩的構成元素之一，但您為什麼發起「無意象詩」的創作？

發起「無意象詩」的徵集，是我創作理念的一大轉變及期望而付之的行動。許多詩人和我一樣，一直是意象的信徒，詩創作必定琢磨意象，但我也願在被隱埋被忽視的「無意象」這端揚起旗幟，為掙脫意象的束縛而吶喊，讓創作者懂得「放空」，看見詩有「無意象」的面貌和風采。現今徵集的成果，已在《吹鼓吹詩論壇十三號》（九月出版）刊登出來，總計六十多位詩人參與創作，刊出一百多篇無意象詩作。我必須說，這些詩作因為捨棄了意象元素，在「音樂性、敘述語調」等語言的作為上反而更加強。

我對詩的構成元素，都有興趣去鑽研及運用，除了主題的大小有賴於自身的體驗和抉擇外，其他的元素大多屬於語言文字上的範疇，無論是詩的意象、詩的節奏、詩的形式、詩的調性等等，是每個詩人時時刻刻都要考量的要件，唯有把必須要表達的元素做到詩人想要的模式才算完美。那麼，我重視哪些元素呢？這很難把元素分開說，我的意思是我重視整體，從一首詩的個性去看它的表現重點，也許那首詩的音樂性突出，也許那首詩的意象性突出，都有其值得欣賞的特點。我並無偏愛或著重的元素，但這都是語言上的探討，換句話說，我著重的是詩的語言，只有不著重於主題。

二、您創作的養分從何而來，哪些人曾影響您的寫作？

早期，有人說我的創作血源來自於洛夫，或說來自於創世紀的詩人，我並不否認，但那是當年不得不的詩壇氛圍下的感染，以及我迷惑於他們的詩風，故而會被視為超現實的一員，但是，他們現在發表的詩，包括非創世紀的鄭愁予、楊牧、余光中等詩人，我一點興趣也沒有了，不知為什麼，也許是他們的表現技巧和語言調性不再有新的吸引力了。

包括我在內，詩人創作的養分不能只有來自於詩人，那終將會是絕路。所以妳問我的創作養分從何而來，我的答案除了詩人外，尚包含這幾項：1、受社會現象的衝擊而有詩，社會現象和我們的生活息息相關，搶劫詐騙事件令我不安，人倫悲劇令我難過，不安和難過……等，促使我的創作不斷；2、從閱讀引發詩的創作力，很多詩的思索是經由閱讀而來，但不見得是文學書籍的閱讀，其他如美術書籍、音樂書籍、攝影書籍、生態書籍、科學書籍等非文學性的，都成為我詩創作的養份。3、網路詩友的評賞及讀者的提問，都能當作修正和調整我創作的依據，這是最符合網路人的創作現象，我視之為創作養分的來源之一亦無不可。

三、某些詩人作詩是偶然與巧合，等待詩意和生命不經意的隨機碰撞。而《孿生小丑的吶喊》是一本有「概念」在前領導的詩集，是詩人自身創作理念的實踐。詩集產生的過程中，是否曾遭遇艱難的部分、需要克服的部分？

對於一首短詩，較有可能在偶然與巧合之下誕生，而一首長詩或一冊組構結集的詩集，則少是偶然與巧合。我的《孿生小丑的吶喊》創作的起源或許是偶然的靈感，但來自於社會現象的衝擊是非常明顯的，心中想為社會底層人物發聲的意圖非常強烈，故而也可以說是一本有「概念」在前領導的詩集，但它的創作過程是慢慢的修正與轉變，包括詩的語言從單純華語到台語的加入與揉合，也包括詩的形式從分行詩轉變為散文詩，它是在換膚、繁殖的狀況下才成型的詩集，這之中遇到的艱難之處是台語的書寫，曾多次為用字的正確與否而煩憂，但後來想到「詩是多義性的」，詩不是文字學，不必求規規矩矩的文法與用字，現在很多詩人都故意用諧音字或錯別字入詩了，那麼，台語詩有何不可各自創字？或用詩人自己想表達的方式？只要詩是自由的，字怎麼用，就不是文學的問題。千萬不要把台語詩，用台語文字學來檢驗。

四、我自己以為，能用孿生語言的語言（華語、台語）讀詩寫詩，是一種幸福。在《孿生小丑的吶喊》之後，您有預定的創作計畫嗎？

我喜歡妳說用孿生的語言創作是一種幸福，每人都有自己的母語，母語的用語及調性不見得合乎正規的華語，想辦法把母語融入華語中，再形成自己創作的語言，那真的是一種很親切的幸福感。

我今後的創作計劃之一就是繼續創作華語與台語融合的詩，在單首詩中有華語及台語同時存在，這樣的詩就稱之為「台灣國語」的詩。計劃之二是繼續「無意象詩」的創作，這樣風格的詩有其迷人之處，將來就出一個「無意象詩」的個人詩集。計劃之三是結合攝影與詩的創作，現代人人手一部數位相機，跟人手一台電腦一樣，攝影與電腦打字都是創作的基本能力，現代許多創作人都走向會書寫也會攝影。

五、您的詩作一向不乏對生活現實的關懷、對人心的觀察與憐憫。生活中您特別關心什麼現象、什麼議題？您覺得詩的責任是什麼？

現實生活的世界，是創作取材最重要的根源，沒有現實生活的體驗，就沒有超現實的作品，而與人心人性的憐憫，則是創作情感的依據，沒有人心人性的共感，就沒有感動的作品。我這麼說，是在強調了詩的內容題材，亦即詩人要向內凝思，也要向外掃瞄，作品內涵才會有深度和廣度。

我隨著年齡的增長，以及生活形態的改變，關懷面就和以往有些不同，大致上和人類有關的，我都會從人性的角度去做解析，然而我又不是社會行動者，所以只能默默將所關懷的現象及議題寫進作品裡，做為一種對現實世界的隱喻。

做為一位詩的創作者，創作是無需責任感的，只要想寫就寫，寫得順心如意就好；但是就詩作品而言，詩是有責任的，詩需要給予讀者一些想像的空間、一些語言的旋律節奏、一些情性的陶冶、一些真相的揭露、一些知性的感悟……等等。也就是說，詩人快快樂樂無責任的寫，但當詩作要對外發表時，就要挑選有責任的詩。

六、您主持「吹鼓吹詩論壇」，覺得台灣詩壇的詩風近年間有沒有顯著轉變，以及網路上的詩創作和平面媒體所見的詩創作，有何不同？

我一直認為詩是沒有「進步性」的。在時間上，沒有現在的詩比以前的好，或以前的比現在的好；在空間上，沒有大陸的詩比台灣的好，或台灣比大陸的好；在媒體上，沒有平媒刊登的詩比網路上的好，或網路上的比平媒好。

但是，區別是有的，卻也不甚明顯，如果詩風是指詩的創作潮流，包含語言的使用、技巧的流行、題材的層面，相對以往，是有所轉變的。《吹鼓吹詩論壇》網站自二〇〇三年設站以來，至二〇一一年八月有近四千名會員，發表了四萬多個主題，文章總數十一萬多篇，我幾乎都一一讀過，雖然這些詩文的水準參差不齊，但可以看得見其成長過程中引發的潮流，他們的詩風走向不是受制於前一代平媒詩人或是學院評論家的影響，而是論壇詩友之間相互的砥礪競爭。新生代的詩作語言充滿雜揉的陌生性，技巧創新多樣，各樣禁忌題材大肆入詩，可惜他們之間有些人沒有堅持創作，往往曇花一現，或成為消逝的彩虹，令人惋惜；但也有一些努力想做詩人的年輕人，追隨著同輩偶像詩人大量仿寫，或相互仿製與發表，持續在網路詩壇曝光，致使得這些年輕詩人的詩風一片模糊，找不出個人特色。幸好，這種現象早已被人詬病，而漸有所警惕及改善。

七、創作散文詩和分行詩，態度和技巧上有何不同？我知道這個問題很巨大，但由於您精通兩者，希望能給初寫詩者一些珍貴的意見指引。

雖然問題很大，但可以用小小的簡說回答。散文詩和分行詩只是在形式上不同外，其本質都屬於詩，所以當你覺得詩句必須斷句時就用分行詩的形式，當你覺得詩句必須連著寫，就用散文詩的形式，或者你覺得表達上能夠符合詩作形式的，就採用哪一種形式。

現今詩的創作形式仍以分行詩為大宗，在詩的斷句分行上展現詩的形式美學。雖然散文詩的創作者較少，但其實散文詩仍有其魅力吸引著詩人去探索及開發，它的未來性是充滿遠景的。散文詩的魅力建立在詩的語言是連著敘述，不做斷句分行，因而詩句的意涵較為有線性，是連接性的，沒有斷裂的空間，讀者閱讀時對於詩意的掌握能有脈絡可依循，延著脈絡一步一步走時，可以發現種種意外的隱喻和象徵而受驚動，直到詩的最後一句仍顫抖不止。有心想創作散文詩的朋友們，不妨從這個特色上去鑽研開發，相信在詩創作的能量修行上，會增益不少。

回憶我的第一本詩集

《茫茫集》是我的第一本詩集，近日在台北文學季「文學初遇：作家的第一本書」主題書展（三月十六日起在中山堂）展出，看見它與洪醒夫的小說集《黑面慶仔》擺在一起，不禁勾起當年一同創辦「後浪詩社」出版《詩人季刊》的情境。

因這本詩集的出版，使我回憶起民國六十年前後的那段日子，那時候，正是詩壇的一大結合與一大變動，了解詩史的人亦知道：一大結合是指「詩宗社」的成立，一大變動是指「龍族詩社」的崛起。當時，我先於「詩宗社」刊物發表個人給詩壇的第一首詩作，後即加入「龍族詩社」共同創社。介於這樣的情況，我展開了我寫詩的生命。

民國五十七年冬，我在學校發起籌組「後浪詩社」，得到同學蕭文煌與洪醒夫兩人之助，於五十八年三月正式成立。五十九年我畢業，在校期間寫了「茫顧」一輯裡的作品，畢業後開始寫「茫的微粒」，九月於雲林虎尾入伍，寫「廢詩拾遺」，據說當時羅青及李男亦在虎尾，可惜不認識。後轉至高雄岡山受訓，並應蕭蕭之邀加入「龍族詩社」，六十年一月調至新竹空軍基地服役，直至六十一年夏天退伍。在新竹期間，寫了「春望」輯裡的作品，並寫了「河悲」一部分的詩。以上，是我早期的動態。

《茫茫集》是我的第一本詩集，也是我所有詩創作的原型或母體。

輯一「茫顧」裡的四首散文詩，見證了散文詩是我在詩創作上最早的詩型傾向，《驚心散文詩》、《隱形或者變形》、《散文詩自白書》三冊詩集都來自這個系脈；輯二「廢詩拾遺」，是入伍新兵訓練偷空記下的紙片小詩，因無以發展成為完整的詩，故以「廢詩」名之，創作生涯中陸陸續續的小詩磨練從未間斷，《私立小詩院》則是這方面的結訓詩集；輯三「茫的微粒」則是我悲情而激昂並趨向寫實與本土的創作型態，其結構是大型組詩，也是長詩，後來我寫了許多這樣的長詩，例如《童話遊行》詩集裡的作品，或是《我牽著一匹白馬》詩集裡的作品，甚至《孿生小丑的吶喊》詩集，都可視為聯軍大隊。輯四「春望」很明顯地是從古詩取火，燃燒新形式的光影，之後出版的《河悲》四言詩集及源源不斷所寫的〈問劉十九〉等變奏曲，自是歸納於此一系列。輯五「魂與床」較隱蔽晦澀，驚悚與纏綿成為我製作異想的手法，甚或被視為超現實，但我已擅於運用它來寫不能明言的感情和感覺，深為自珍，所以這方面的作品為數不少，將可以集結成新的詩集。

由《茫茫集》來探討我的詩創作源流，絕對是正確的，台語俗諺說：「三歲看大、五歲看老」，果真如此。要是這本詩集能重新出版，我絕不隱藏青少年時代作品的青澀或拙劣，而保留其真實的原本面目，不做刪修增補，以便供讀者們檢視我現今的詩作語言對照年少作品是如何成長及改變。

拿著我手中僅剩兩本的《茫茫集》，再次想起我創作這些作品時的兩位友人，一是洪醒夫，他全力支持校內的「後浪詩社」，還把我的詩作〈茫顧〉從台中帶到台北武昌街走廊柱下書報攤給詩人周夢蝶看，周夢蝶再將詩推薦到剛要創刊的「詩宗社」發表，經由這一次的發表，算是我踏入詩壇的第一步。之後，洪醒夫與陌上桑等人創辦《這一代》雜誌，邀我發表〈火壁之舞〉等作品，被當時我還生疏但他已在詩宗社發表詩論多篇的詩評家蕭蕭發現，他竟肯自動為這一首詩寫了數千字的評論，令我感到興奮及堅定了創作的信心。不久，蕭蕭還寫了一篇〈春望〉詩作的長論，刊於渡也創辦的《拜燈》詩刊第一期。洪醒夫和蕭蕭可謂是我創作生命上的貴人，也由於他們兩人的激勵，才有《茫茫集》這本詩集的誕生。

應鳳凰說：「第一本書是每個作家重要的第一步，不但關係日後的寫作方向，也從這裡堅定了寫作之路。」的確如此，我的《茫茫集》可做為見證。

好詩壞詩爛詩分不清的時代

一、劣幣與良幣

二〇一一年雖然開啟了詩集出版的盛世，卻更加彰顯了一個好詩壞詩爛詩分不清的時代。除了得到三大報或大單位的詩獎外，出詩集也成了取得詩人身份證的熱門途徑之一。而出詩集似乎更容易些，效果也更立即，變成了流行。

眾多詩集的出版，無助於建立好詩的形象，只有讓好詩壞詩爛詩更形模糊，而壞詩集和爛詩集透過高明的裝幀技術、宣傳密度所帶來的銷售數量，更是推波助瀾的不二法門，使得詩壇的面目彷彿全都風雲變色，形成大量劣幣趨逐了少量良幣的現象。

二〇一一年被出版人挑選出版的某些詩集，遭受了出言不遜似的批評：「這麼爛的詩，也出詩集！」的確，有不少讀者拿到詩集後，看不到幾頁就開始訐醮，正如同今年某個文學獎得獎的詩，也引發罵聲：「這麼壞的詩，也會得獎！」大喇喇的興起何謂好詩壞詩爛詩的爭端。

不是好詩才得獎嗎？不是好詩才出版嗎？不，這個時代，往往不是絕對的。出版人絕對不是笨蛋，笨到砸錢出或爛或壞的詩集而不知痛癢，其實某些出版人是聰明而要商業手腕的，因為他已看清這個時代裡能取勝的，不在於好壞的抉擇，而在於引爆能量的多寡。換句話說，你得獎的詩或出版的詩集，要能引起爭議、博得版面、占據宣傳媒體，那麼，你就贏了。所以現代詩壇不見得是好詩當道，而是有可能壞詩爛詩當道了。

更甚者，進而推動所謂的「壞詩獎」，來顛覆各大文學獎的詩獎。然而各大文學獎的詩獎，不也已經常有被讀者痛批的爛詩壞詩得獎嗎，何必再多此一舉？二〇一一年台文館主辦的「二〇〇〇年『好詩大家寫』新詩創作獎」，名目標榜「好詩」，徵三十行內的詩，首獎新台幣六萬元，四十名佳作一萬元，光佳作就總計給四十萬元了，真可謂大手筆的給錢大賽，得獎人數也似乎是空前絕後了。像這樣的以「好詩」稱之的詩獎，哪能是想舉辦「壞詩獎」者所能抗衡得了？

然而，「好詩大家寫」，大家真的寫得出好詩嗎？白靈在《一首詩的誕生》裡說：「世人少有立志要寫壞詩而不寫好詩的，寫完後也少有人自承寫出的是壞詩，多半自認是好詩，好壞不是自招的而是他予的。更何況好壞並無二分法，常常見仁見智。」因而在舉辦的任何詩獎名目上，標榜「好詩」或「壞詩」都是極無聊也極武斷的。

二、誰該負責

不管舉辦多少回詩獎，出版多少本詩集，仍然無法確立好詩詩壞詩爛詩的篩選準則和共識，年年如此，只是二〇一一年在爛詩集（相對於某些人的看法或許是好詩集）大賣和壞詩（相對於評審的看法或許是好詩）得獎之下，變得更為劇烈難堪更為令人焦躁和氣餒。

整個詩創作和閱讀的社會氛圍，是瀰漫著沒有準則的憑各自喜好或厭惡來運作的風氣，換句話說，好詩壞詩爛詩之間不是對立，而是你儂我儂黏在一起，致使大眾在什麼是好詩，什麼是壞詩以及什麼是爛詩的問題上產生了混亂和困惑的感覺。

最為無辜的是讀者，某些讀者會想讀詩、買詩集，往往不見得是因作者的詩寫得好，而是因為詩作或詩集的外圍價值。什麼是外圍價值？例如：作者的新聞或八卦消息引發了讀者的興趣、詩作的得獎或名人的推薦讓讀者像蚊蠅飛向那些光環裡、詩集的美麗包裝和造勢宣傳誘發讀者的購買慾……等等，若是失去了這些外圍價值，讀者可能對詩連瞧一眼都沒有。這樣的讀者，甭想叫他來分辨好詩壞詩爛詩，那是「無彩工」的。更何況某些讀者的詩學素養永遠未見提升，老是停留在一個低水平的認知裡，無心或無意見識高水平的詩風，那當然會忽略了真正的好詩。

而雜誌、副刊和出版社的編輯人呢？他們有時也是無辜的，因為編輯人面對來稿者是上司、詩壇耆老、掌權詩人、親密好友等人，難免受困於人情壓力而昧著良心降低取稿水平，但也因此，他們有時是好詩的推手，有時則是壞詩爛詩的推手。然而，有一種更糟糕的現象，是編輯人本身並非詩創作能手，像有些雜誌副刊的編輯人是散文家或小說家，竟也當起詩稿的篩選工作，這樣哪能不遺漏真正的好詩？哪能不把垃圾作品當珍寶？是故，哪個出版社的詩集最為水平不一的，或哪個雜誌副刊登出的詩作斥著難以下嚥的壞詩和爛詩，往往可以從編輯人和出版人的身上找出這樣的端倪。

詩好詩壞詩爛最易引發爭議的，是在各大詩獎公布的時候，得獎詩作在詩壇的褒貶不一，這時批判矛頭必然指向詩獎的評審委員，評審委員得承受挨轟挨罵的風險，如果剛好是現場公開選定及講評，搞不好台下有人會當場舉手發言質疑評審委員的評詩觀念。其後公布的評審會議記錄，如果正好公開了委員們相互矛盾的選詩標準，這豈不是呈現了委員們之間對詩好詩壞詩爛的分辨也是一片混亂不清？連評審委員對詩好詩壞詩爛的分辨都無法取得共識時，那叫普通對詩認知不是很透徹的讀者要如何找到一個分辨詩好詩壞詩爛的依據？

詩作品是由詩人寫出來的，故而去怪讀者、編輯人、詩獎評審分不清好詩壞詩，不如怪詩作者自己寫詩怎麼不知把關。但其實，詩作者也是無辜的，創作本來是自由意志行使下進行的行為，作者唯有依自己擅用的技巧表現其個人特色，不必去考慮作品完成之後別人怎麼看待，只要詩作者自認滿意即可，詩好詩壞詩爛都是別人取決的事，與作者何干？可是，作品的始作俑者是詩作者啊！讀者說詩好詩壞詩爛，不都是指著詩作者的鼻頭罵的？有名詩人寫詩給第一夫人，讀者就罵他是爛詩人，有詩人專寫直白的詩登到副刊，讀者也罵他是爛詩人，還有老詩人罵網路詩人寫的都是垃圾詩，年輕的網路詩作者罵老詩人不長進。這些隱隱然相互指責的現象，已慢慢的從詩作好壞的爭吵變成詩人好壞的裁奪，或許不久就會爆發詩人之間的世紀戰爭。

三、適者留存

一個很現實而必須接受的事實，就是做為最自由、最需原創的文類——詩，是絕對無法客觀定義好詩壞詩爛詩的，只要是任何定義，都是阻礙詩的發展。

人，可以區分好人、壞人、爛人，從約定俗成的道德標準來定義，而好詩壞詩爛詩的區分，不在於詩作品內容的道德層面，也根本不能訴諸於法，用法律判決好壞爛。工具，可以區分好工具、壞工具、爛工具，這是指實用面的好壞爛，能快而順利完成工事的就是好工具，工具壞了不能使用的就是壞工具，不好使用的就是爛工具，但是詩不是工具，也不講究實用。有人一再試著要區分詩的好壞爛，但觀點都會被推翻，因為詩終究是一種透過欣賞而體會的東西，每人的資質和偏好各不相同，難以制約為同一觀點。

不能區分好詩壞詩爛詩，從有新詩的文類出現以來就一直存在，只是到了二〇一一年，受到諸多表現方式的改變，或後現代觀念的推波助瀾而更為劇烈得無法收拾。例如：文類界線模糊，詩和散文和小說形成分不開的連體嬰，詩中可以見到散文的肌理，也可以見到小說的骨幹，詩不是那麼的純種族。又如詩跨到藝術領域，與聲光、影像、動畫、裝置等藝術結合，有的詩反而成了藝術的配角，失去了主體性，變成詩不詩的。當然像「作者已死」、「解釋權在於讀者」「誤讀的美學」這類沒有誰是權威的觀念成為強大的主流後，所有的理論像是煙幕彈一樣，讓好詩壞詩爛詩一起分不清楚。

所以，過了二〇一一年後，大家不要再問詩是什麼了，也不要再辨別好詩壞詩爛詩了，這些都是很無聊的事。詩，任其發展，適者留存，不適者自然會被淘汰，這是不變的定律。

卷三

少年的詩作自剖練習

每一個字都閃爍著星光

——解析散文詩〈在字典裡飛行〉

在六十年代之前，年紀小小的我，雖然只用過幾本普普通通不甚完備的字典，但字典中仿如奇花異草的無數新字新詞，竟然吸引我認真去讀它、運用它，也許正是這樣，我變成一個對文字相當敏感的人。

文字給我想像空間，我也利用文字來組合我的想像空間。因此，寫詩，變成我鍛鍊文字與翱翔想像的一種方式。

我在九歌出版的第一本詩集《隱形或者變形》裡，有一首散文詩〈在字典裡飛行〉，寫的是我小時候的想像經驗，雖然我沒見過二千多頁的字典，但那種把字典當作銀河系宇宙的奇妙想像，卻是在我腦中長駐不逝的。

飛行，是人類離開地面的夢想，飛出雲端，飛往星際，探索浩瀚的宇宙世界，只是，人類要親臨其境實現這種夢想的，又不知要過幾世紀了。所以文學家及藝術家的科幻作品，正好滿足及彌補了一般人類不足或難以實現的想像。

會選擇在字典裡飛行，那怎有可能？

看這首詩怎麼寫吧？

〈**在字典裡飛行**〉

我已開始飛行，穿越一本二千多頁字典大的銀河系。每一個字都是一顆星球，懸浮的，旋轉的，移動的，在各自不同的軌道上任我瀏覽。我只是忘了一個字怎麼寫的小孩。

一頁一頁穿過，為了尋找一個字，把它安置在我的一行詩句裡。我以光速飛行搜尋，塵埃粒子遮掩了我的視線，我不小心，飛向宇宙最遠的天體，攫取了我想要的字。二千多頁哪！當我回航時，有許多星球含著淚目送我離去。

我的詩句，每一個字都閃爍著星星的光芒。

第一段詩分三句，首句「我已開始飛行，穿越一本二千多頁字典大的銀河系。」直接切入詩題的意象，開門見山的寫法，不像一般詩作婉轉迂迴曲折的陳述，反而更讓人直指詩心。不必考慮「我」怎麼飛行，不必考慮是否有翅膀，還是搭乘什麼太空飛行工具，就讓人知道「我」已在飛行即可。飛行的空間是「銀河系」，形容銀河系大小的是「二千多頁大」的字典，銀河系和字典兩相聯結，不禁讓人考慮到兩點：

一、是字典放大為銀河系的大小？

二、是銀河系縮小為字典的大小？

實體是字典，銀河系只不過是誇飾比擬，而人在字典中飛行，那又該如何視之？人，必然縮為極小，才可進入字典裡，字典才可視之為銀河系。接著第二句「每一個字都是一顆星球，懸浮的，旋轉的，移動的，在各自不同的軌道上任我瀏覽。」就可視之為合理的想像，字典裡無數的字是無數的星球，吸引著小孩去追蹤探索。

由於對字的敏感及寫詩的想像，所以把每一個字當作星球後，進而有下列三個意象：

1、懸浮的字：小時候，對於懸浮的物體總是感到不可思議，沒有任何憑藉及支撐，卻能在半空中停留而不致於掉落，彷彿魔術或幻術那般神奇，尤其是夜晚閃爍的星星，讓我夜夜一再仰望，想伸手去摘，卻沒有夠長的手。把字典裡的字想像為星球後，懸浮的感覺立即產生，一個個字在字典裡懸浮，我飛行在懸浮的字之間，只要我一伸手就可觸及，太美妙了。

2、旋轉的字：我有自體旋轉的經驗，伸開雙手，站在原地像陀螺一樣打轉，也有繞物旋轉的經驗，以某一樣物體為中心，在其周圍繞圈圈旋轉，這兩種動作往往在停止後立即產生暈眩的感覺，但是也附帶的有一種美妙的幻覺，即天地旋轉不斷，我彷彿飛入宇宙之內，看見許多奇異的景象。當本詩把字典當成銀河系時，每一個字就在我眼中旋轉起來，令我不能制止我曾經旋轉自己的意象。

3、移動的字：動物會移動原本是正常，但非動物會自行移動就稀奇了，例如會移動的山、會移動的樹、會移動的房子等等，除非大自然地殼變動外，根本是不可能。當字典裡的字被想像為星球時，字變成大自然的一部份，和大自然息息相關，跟隨大自然整體的運行變化而移動，字在移動，從字典的某一頁移動到某一頁，從某一句中移到某一句中，它自行移動，不是受到人類操控。

這些懸浮的、旋轉的、移動的字在各自不同的軌道上，展現不同的姿態與進行不同的動作，像天體上的星球運行及轉動，它們不再衝突相撞，因它們已經找到它們各自擁有的軌道，每個星球是那麼溫和、無聲的閃爍著，相互存在著，引起人類的觀望與遐思。字典裡的字也是一樣，任人瀏覽和閱讀。

這首詩說，在字典裡飛行的「我」是一位「忘了一個字怎麼寫的小孩」，他也許還不懂查字典的方法，所以才從頭一頁一頁的翻，要翻二千多頁的字典，在密密麻麻的如夜空繁星的字中，可要費多少時間啊！

小孩要找的那個字是用來做什麼？詩中說：「把它安置在我的一行詩句裡。」原來是寫詩要用的字。為了詩中的一個字，小孩得千辛萬苦的在字典中尋找，無非是要斟酌字句，讓詩精緻完美，因為詩的用字得恰到好處，是每一個詩人最基本的要求。

尋找的歷程已經開始，小孩以光速飛行，在銀河系裡從一個星球到另一個星球，一一檢視瀏覽，小孩會考慮到底哪一個星球是他所要擷取的字，哪一個字會使他的詩完整無缺。雖然是以光速飛行，但宇宙無限大，要找到想要的星球也不是一時的事，況且還有「塵埃粒子」遮住了小孩的視線，這樣的阻礙不會使小孩懼難而返，小孩勇往前進不畏險境的精神感動了天體。如果說是小孩不小心飛向了天體，倒不如說是天體以吸力伸開雙臂擁抱了小孩，讓小孩投入天體的懷裡。

在宇宙最遠的天體裡，小孩終於攫取了他想要的那個字，是奇蹟，是幸運，也更是感動。小孩飛入宇宙的同時，所有的星球已開始注目小孩的行為，對小孩的到臨暗暗付之關懷，被小孩瀏覽的星球其實早已睜亮了眼睛在看著小孩，也許正想著這孤寂靜默的宇宙怎會突然有一個天真無邪的小孩來造訪，星球不只驚訝，而且欣喜發光，但星球不說話，也許本來就是無語的星球，小孩在宇宙飛行中根本也聽不到星球有何話語。

小孩來了，找到他想要的字後，也即將返回。星球們無法留住小孩，不禁發光且熱淚盈眶，沒有進一步的相處就要分離，確實令星球心傷。回程亦得穿越二千多頁，一頁有數百個字，數百個字就是數百顆星球，每顆星球都發光含著淚在穹蒼中閃爍，那樣的光景是多麼的感人，宛若燭光告別會，星球夾道送別小孩，此景此情，畢生難忘。

陳義芝讀了此詩後說：「蘇紹連〈在字典裡飛行〉詩中尋訪的字，竟使天體有情，使星星發光，那一個字用掉最深的情，最深的情即是使世界萌生的新芽。」最深的情來自天地，來自生命，來自小孩童稚的心，為了詩中的一個字向字典探索，字典應之以無限的想像空間，任小孩翱翔飛行，一字為一星，擷星綴結成詩，詩的世界因而萌生。

小孩說：「我的詩句，每一個字都閃爍著星星的光芒。」這是多麼美麗的景象，有不少詩人不也追求著這樣的景象嗎？我祈願，願寫詩者都能有情，願每一首詩都能有情，則星球含淚的光芒，將隨著詩中的每一個字而發光。

在字典裡飛行，是想像；在有情世界飛行，應是實踐吧！

是垃圾？不是垃圾？

——解析散文詩〈箱子〉和〈枕頭〉

人類是生產（製造）垃圾的動物；人類是用垃圾毀滅地球；人類是在垃圾堆中生活。種種現象可以推斷：人類終將變成垃圾。這是人類醒覺前的夢魘，但已成為人類的宿命。在大多數人類視若無睹、不慌不驚而變為麻木時，敏感的詩人是否會發出聲音來，以詩來做告示或下咒語？

詩人所見的垃圾又是什麼？什麼該視為垃圾，什麼不該視為垃圾，且看〈箱子〉和〈枕頭〉這兩首散文詩如何給我們答案。

一、在垃圾堆裡的歷史

如果說：「在時間的潮流中被淘汰的，或成為過去的，就是歷史。」則一切今日的人、事、物在明日都會一一歸屬於歷史的箱子中。如果說：「歷史是由千百年來的人事物累積而成。」一則歷史所形成的量仍像每天閱過而屯積的舊報紙，不斷的在增加之中。如果說：「歷史也是垃圾。」你會接受此一說法嗎？

歷史的價值性，雖然無庸置疑，但也並非絕對。有時，歷史在朝代的更迭中，被一再翻改，被一再掘出再丟棄，往往像掩埋場的垃圾遭覆蓋塵封，有的甚至像焚化爐的垃圾被焚燬。可是，歷史不該是垃圾，只是不幸和垃圾存放在一起而已。

詩人也是歷史的眾多拾荒者（考古學家、歷史學家、政治家……）之一，在無數的翻尋撿拾中寫成驚訝與歎息的詩篇，驚訝於歷史種種未知的面目，歎息於歷史無數失落的腳印。閱讀散文詩〈箱子〉，讓我浮現了上述的感懷。其詩如下：

我們都是要排隊進入箱子的物品，包括：衣褲、書籍、玩物、照片、時間、生命、……等等，將被鎖在箱子裡，然後被放在屋角，或放在車上，運往不知名的遠方。我們會在箱子裡相互擁抱，彼此安慰，守候一生中最黑暗而平靜的時刻。

這樣的一口箱子，被丟棄在垃圾堆裡。我們竟然不知，不知周圍變成廢墟。我們在箱子裡保持了老舊的年代，以及歷史，以及被掀開來的希望。

詩的第一段：以一口箱子收納人間萬物，包括生活物品、時間、生命等等，這些萬物是經由「排隊」的形式才進入箱子裡的，井然有序，如同站在機器輸送帶上，一一往入口輸送。奇怪的是這些物品，為什麼包括抽象到可以感覺，但不可以捉摸的「時間」和「生命」？如果從寫作技巧來分析，其用意即「具象物」與「抽象物」並列，達到意義交錯或涵蓋的效果：

1、具象物：衣褲、書籍、玩物、照片

2、抽象物：時間、生命

換季或已不合身的衣褲、翻閱過的書籍、玩膩的玩物、泛黃的相片等等這些具象物品，其代表意義無非是時間的消逝與生命的衰亡，也就是它們已不是活躍在目前這個時代舞台的主配角，它們不能主導、不能代表、不能成長，它們的時間和生命已由新的時間和生命頂替。所以，它們只好進入（是被迫，也是自動）箱子裡，被鎖在箱子裡。

這些物品將隨著箱子而得到其安置的歸處，詩中說，一個歸處是「放在屋角」，「屋角」在感覺上是遭漠視冷落的角落，置於屋角的，猶如垃圾桶，在屋主（權力掌握者）的眼中，已將之視為廢棄物一般看待；另一個歸處是「放在車上，運往不知名的遠方」，有如放逐，將遠離這個時代的權力中心，而在邊陲隱沒渡其一生。它們知道自身處境，既然已鎖在箱子裡，只能「相互擁抱」「彼此安慰」，表現得相當安份認命，縱使這是「一生中最黑暗而平靜的時刻」，猶如關在不見天日的黑牢裡，它們也是默默的守候，和時間賭歷史。

本詩的第二段，終於說出了這口箱子的下落，原來是「被丟棄在垃圾堆裡」，因此，這口箱子也不折不扣的成為垃圾，包括箱子裡的東西：衣褲、書籍、玩物、照片、時間、生命、……等等，都是垃圾。縱使是時間和生命，如果不是在主流勢力集團之內，不是在利用價值尚存之際，也會遭致一同併入垃圾任由丟棄的命運。這些垃圾在箱子裡雖然保持了「老舊年代」及「歷史」，但也只能換個角度說它們的確不合時宜再生存下去，「衣褲」是老舊得失去體面，「書籍」是落伍的思想，「玩物」是幼稚得可笑，「照片」是人和物全非，「時間」是不能倒回，「生命」也危危可岌，那麼，這種「保持」又有何希望可言？當它們還想保持「被掀開來的希望」時，不禁令人在心頭生出一絲絲的悲哀，而不是希望。更何況，周圍已變成「廢墟」，它們竟然不知！

將一個地方或一個時代推向毀滅，廢墟於焉形成，那是多麼殘忍的事。而廢墟中的那口箱子，它是垃圾？還是歷史？永遠是一個歷史拾荒者掀不開的謎了。

二、在頭腦裡的垃圾

人類是最會思考的動物，尤其是思考型的人，如果又是意見領袖，掌握了思想媒體機器，或創造了思想體系，有可能因而改變了人類的政治、文化及生活。人類是因為有了思想，才有了生活文明；而人類愈進化，思想則愈為人類所追求及掠奪。

其實，人類的頭腦是製造思想的機器，也是儲存思想的廠房；在對外不斷追求及掠奪的同時，它本身也不斷的製造及儲存。因此，個人頭腦裡的思想若對外的掠奪不能篩選，對內的製造不能品管，而只貪求其豐富、貪求其廣泛，則形同超載的貨輪，難保沒有沉沒的一天。

散文詩〈枕頭〉正是描述一個思想超載的人，其嚴重的後果是：思想也變成垃圾。原詩如下：

> 有一個人因為他累積超量的思想，而使頭腦越來越大，越來越重，脖子撐不住，歪到肩膀上，快要掉下來了，這時候，枕頭啊，就替代了那個人的頭。
>
> 一粒繡著山水的枕頭，看起來雖秀麗明媚，卻是毫無思想。這時候，枕頭默默的在夜裡哭訴：「人類數千年來所遺留的夢，都在我的裡面，而這些夢也是一種垃圾啊！」枕頭支撐不住了，就把夢倒入那個人的頭腦裡。

散文詩的句子是相當散文化的，像本詩的第一段句句都簡易明白，作者大部份的散文詩很少單獨在字句的藝術上多做琢磨，相反的，其散文詩特別注重整首詩所欲表達的意涵。

第一段寫人，這個人因累積超量的思想，而使頭腦變大變重，歪斜的懸掛在肩膀上。這樣的一幅人像素描彷彿是人類未來的面貌，有著發達的大頭顱，卻是細小的脖子、瘦弱的身體和四肢；這樣的一幅人像素描似曾在許多的外星人科幻電影見過，不管影片內容是否真實或虛構，已讓許多人開始擔心未來的人類是否會進化為外星人的模樣。〈枕頭〉此詩替我們先行宣告了此項可能。

這樣的一個頭腦大得快要掉下來的人，看起來不會是滑稽，而是悲哀，令人心生同情；但其背後的意義，完全是諷刺現代人過份渴求知識及囫圇吞嚥資訊而不知去蕪存菁，以致頭腦裡超量的思想變成一種負擔、一種累贅。情形嚴重了，怎麼辦？在詩的第一段最後一句，作者說：「枕頭啊，就替代了那個人的頭。」用枕頭就能替代人頭嗎？這種處理方式透露了一個訊息，卻也帶來了兩個必須探究的問題：

一個訊息是：「頭腦」已嚴重到沒救了，只好採取器官移植手術，將「枕頭」移植到脖子上替代原來的「人頭」。

兩個問題是：1、「枕頭」移植過來後，會不會有排斥性？存活率是多少？2、「枕頭」是自願還是被逼迫過來替代那個人的「頭腦」？

詩的深厚度應在於內容，內容不在於以字數行數的多寡做統計，而在於從有限的字裡行間到底能挖掘出多少意涵。本詩第一段最後句帶出的兩個問題，其可能的答案在哪裡？只有試著進入第二段去尋找和挖掘了。

第二段寫物：「枕頭」，這是一粒表面繡著山水的枕頭，裡面的填充物是什麼？當作者說這粒枕頭「看起來雖秀麗明媚，卻是毫無思想」，亦即說枕頭只有美好的外觀，沒有實質的內容，若接續第一段以「人」為描述主體時，這段以物為主體的「枕頭」只不過是替代那個人的「頭」而已。問題是：這種怪異的替代有用嗎？繡有山水的枕頭比腫脹的頭顱美，它卻無法執行頭腦的功能，所以它少了思想。一個沒有思想的枕頭人又如何稱之為正常人呢？

讀本詩至此，我感受到兩種幻境已經出現：在詩的第一段，我彷彿看見周遭有許多頭顱巨大且歪在肩膀上的人在行走；在詩的第二段，我彷彿看見周遭有許多頭顱變成枕頭的人在行走。由於這兩種人體扭曲的幻境，致使我惶恐不已，不知我會變成哪一種人？

枕頭原本是用來枕人頭的，並非拿來替代人頭。枕頭裡面沒有思想，卻有人類睡眠時遺留在裡面的夢。夢和思想是人類腦部的兩大微妙的活動，一在於清醒，一在於睡眠；用睡眠的枕頭替代清醒的人頭，亦即是用夢想替代思想。依此認知來分析〈枕頭〉一詩，已可得到本詩所要呈現的意涵了：

1、人頭↓思想（可由人腦自己製造和吸收，存放於人頭內）

2、枕頭↓夢想（也是由人腦製造，卻存放於枕頭內）

兩者都發生了超量而不堪負荷的危機，人頭裡思想超量的問題已於前面言述，只有枕頭裡夢的問題尚待探究。枕頭如是說：「人類數千年來所遺留的夢，都留在我的裡面，而這些夢也是一種垃圾啊！」夢非現實，夢可能超越現實，可能脫離現實；夢非思想，夢可能扭曲思想，可能捨棄思想。思想是理智的活動，相對的，夢是不理智的；夢是人類睡眠時在腦中微妙的活動，它的活動不受人類意志的控制；它不斷的產生，也不斷的被人類遺棄、忘記。此詩藉枕頭來表白：「夢也是一種垃圾！」無非和前段人頭裡的「思想」相呼應，凡是累積超量而無篩選過濾的，都是垃圾。

由此看來，枕頭徹徹底底是默默的承受著人腦給予它的負擔，百年，千年，都一直枕著人頭，接納著從人頭掉下來的無數的夢。枕頭，它沒有思想的能力，也沒有作夢的能力，卻被逼迫來替代了人頭。一粒默默的枕頭，是卑微的，它在夜裡的哭訴亦是無聲的抗議。

本詩的最後一句：「枕頭支撐不住了，就把夢倒入那個人的頭腦裡。」明顯的是枕頭所採取的反彈行為，而變成所謂你丟給我、我丟給你的「垃圾大戰」。整個事件發展至此，前因後果應非常清楚，簡單的說：是人類有思想，但超量的思想，人類負荷不了，就找枕頭來替代；人類有夢，但夢無用，也積留在枕頭內太多，枕頭支撐不住，就把夢倒回人類的頭腦裡。我想，在這個事件當中，給我們一個警惕：人類一直追求的思想和夢雖不相同，但都是從人腦製造出來的，思想似光，夢似影，過多的光影，也會造成干擾。一個思想簡單、夢少的人，反而過得平靜、快樂些吧？

讀完〈箱子〉和〈枕頭〉這兩首散文詩，不得不相信人類果真是生產（製造）垃圾的動物，而垃圾的定義不只包括了一般具象的廢棄物，還包括了抽象的時間、生命、思想、夢……等等。人類是用自己的垃圾來毀滅地球，種種現象可以推斷：人類終將變成垃圾。這是人類隱藏在腦中的夢魘，但已成為人類歷史的宿命。在大多數人類視若無睹、不慌不驚而變為麻木時，敏感的詩人發出聲音，以詩來做的告示或咒語，是否也會變成垃圾？我寧願相信它不會變成垃圾，但是，它不被人類接受時，在人類的眼中就如同以垃圾視之。

兩隻蟲的吃法

——解析兩首散文詩〈一隻寫散文詩的蜘蛛〉和〈草履蟲〉

《隱形或者變形》是一本刻劃人性的詩集，即使是寫物品如〈鞋子〉、〈椅子〉，或寫動物如〈貓〉、〈鴨子〉等，也都是透過變形或隱形的方式後，回復到人性本身來抒發詩裡的意旨。人性是什麼？二分法是性善和性惡之說，這兩大說各為中心，延伸出去，幾乎涵蓋了所有人性之可能的現象，而由各種現象產生的文學作品，乃回溯及探討人性的重要管道，換句話說，讀者可以經由文學作品來了解人性的真實面目。

小說，是最能刻劃人性的文學創作類型；詩在這方面的表現，是望塵莫及的。詩，要跳脫舊有的個人抒情境界及意象感覺之範疇，得狠心割捨「詩質不變說」，而向各文類取火，讓「詩」質變後再浴火重生。若欲雕琢社會眾生的人性，小說的特質是值得取火借鏡的。陳義芝的序文說：「《隱形或者變形》一百三十五首詩，是一百三十五個教我們不費事就能記住的情節，單一完整，長度適當。」有了情節，即是小說，如此，散文詩，走向極短篇小說的企圖，在詩集《隱形或者變形》的多數詩篇裡，已是非常明顯可見的。最明顯的，是刻劃人與人之間的人性問題。

底下挑兩首內容相近、人性卻不相符合的詩，作解讀如下：

一、人性之一：「助」

詩題：〈一隻寫散文詩的蜘蛛〉

牠終將會留下一張張網，網中被捕的是：蝴蝶的意象，飛蛾的感情，蚊蠅的慾念，風雨的語言……然而，牠的網有唯一的中心，有嚴密的結構——這一切現在已不流行了。

有一位寫散文詩的少年不小心掉入網裡，牠發現了，流著淚告訴少年：「你是我的同類哪！」牠開始吃著少年的思想及生命，吞沒之後，再慢慢地把少年一生中想寫的散文詩吐出來，織成一張張網——以便捕獲文學愛好者露出的眼光啊。

詩分兩段，第一段「牠終將會留下一張張網」，表示蜘蛛一生都在織網，牠死亡後，留於世上的，就是一張張網；網若是空的，則網顯然呈現不出意義，且看這隻蜘蛛的網中捕獲了什麼：「蝴蝶的意象，飛蛾的感情，蚊蠅的慾念，風雨的語言」，全是些抽象的東西，而這些抽象的東西原本附著於具象物的上面。

具象：蝴蝶、飛蛾、蚊蠅、風雨

抽象：意象、感情、慾念、語言

人類生活中一切有形的具體東西，不管是人造的，或是自然的，在人類的心腦感應下，都會領受到一些附著於其上的抽象意義，若沒有這些抽象意義，具象物便不會在人類的心腦上變得有生命而供思想及回憶。

單純的具象物語詞：「蝴蝶」、「飛蛾」、「蚊蠅」、「風雨」，不會引起什麼物外思考，而加上抽象語詞後，產生「蝴蝶的意象」、「飛蛾的感情」、「蚊蠅的慾念」、「風雨的語言」等詞句，就會使人去想蝴蝶造成了什麼意象，飛蛾為什麼會有感情，蚊蠅有什麼慾念，風雨的語言是什麼，將這些齊集起來，構成的一張張網，是文學的，是生活的，是人性的。

這隻蜘蛛的網「有唯一的中心，有嚴密的結構」，「中心」和「結構」向來是威權體制下最重視的兩個觀念，是傳統生活中秩序維持的依據，也是以往文學訴求的兩項標準：「中心主題」和「章節段落」。時代的改變，資訊科技急遽的發展，進入了後現代，經過「解構」以後，哪還有唯一的中心及嚴密的結構？所以在本詩第一段最後一句也說：「這一切現在已不流行了。」真的是不流行了。

的確，時代變，觀念也得跟著變，寫詩，不只在技巧的不斷翻新，連詩的本質也漸漸的改變，「形變」和「質變」是雙管齊下的。但是，不流行的是否應該完全捨棄？答案是否定的。後現代的拼貼技巧，仍可從不流行的事物中擷取創作的素材，而成為另一種嶄新的面目。這一隻寫散文詩的蜘蛛，正是進行這樣的工作。

牠在捕獲牠的素材。

可是，牠發現這個世界上竟然還有一個少年掉入了網裡，只因少年是寫散文詩的，跟牠同類，所以牠淚流滿面。同類，不是喜悅，而是傷感，傷感少年走上寫散文詩這一條難走的路。蜘蛛想替少年完成寫散文詩的願望，就欲將少年融入自己的體內，所以牠吃起了少年的「思想及生命」。

牠「吃著」少年，是一種「協助」的方式。

弱肉強食的世界，在兩種生命體的對抗下，「吃」代表勝利，「被吃」代表失敗，人與人之間的競爭亦復如此，可是，當「吃」的目的是為了「協助」對方時，這便是一種「人」之所以為「人」的人性表現。少年的思想及生命被蜘蛛吞沒後化為一首首的散文詩，散文詩再織成一張張的網，如此，才捕獲了文學愛好者的眼光。這樣的結果，是這隻蜘蛛協助而成的。

最後，將〈一隻寫散文詩的蜘蛛〉分析列表供參考：

寫散文詩的蜘蛛	
1、吃什麼	吃網中捕獲的生命體（少年）
2、吃的方式或器具	用網
3、吃後的處理情形	把生命體吞沒後，再吐出（散文詩）結網，以引起愛好者的注目。
4、本詩的意義	少年獻身文學，以犧牲性命的精神，才得有作品問世。而這隻蜘蛛可視為文學的催生者（如：老師、編者、……等等。）
5、本詩人性表現	「助」

二、人性之二：「鬥」

〈草履蟲〉是一首錯綜複雜的詩，它寫草履蟲和草履蟲相互吞食，被吞食者再從對方體內復生，脫離對方身體，再回過頭來吃下對方，被吃下的對方依循相同的模式再復生，也回過頭來吃對方，如此不斷的循環，其生命延續的意義是「吃」和「被吃」而已。

武俠或現實世界的幫派、政黨、財團、公司……等，也充斥著報仇、臥底、分裂、鬥爭、併吞的現象，其形式跟草履蟲的相互吞食非常類似，但同室操戈、同根相煎的規模，可謂比草履蟲單純的相吃更為慘不忍睹，更為過之而無不及。

讀〈草履蟲〉這首散文詩，如果仔細體會，草履蟲的相吃是在一種無聲的狀態下，為了生命延續而不得不採取的行為，生命被吃，但生命又誕生，彷彿是另類的造愛方式和生殖過程。

底下就看原詩如何描述：

詩題：〈草履蟲〉

我的嘴巴在手掌裡，因此對方未加設防之下，由於握手，我吃了對方。由於吃了對方，在我體內，有一個生命，逐漸奮力掙脫我的身體，游出了體外。

他游了過來，用皮膚覆蓋了我，我吸吮他的體液，他封閉了我。我在他的體內逐漸死去，再逐漸復活，成為一個新生命，我奮力掙脫他的身體，向體外游了出去。

瞬時，我們都張開了嘴，激烈的吞噬對方。我吞著他的乳房，他吞著我的生殖器官，絕對，以一種既奉獻又佔有的方式，不斷的造愛和生殖。

來，和我握手。我的嘴巴在我的手掌中……

吃，要有一個嘴巴，才能將食物吞食，送入體內。而嘴巴本在臉上，第一段卻說「我」的嘴巴在手掌裡，這麼一個令人不可思議的位置，只要手一抓到食物，藏在手掌裡的嘴巴可立即張開而吞食。手，在人際交往上，是互觸身體的第一個部位，握手，即是出示友好的行為，誰會對握手採取設防？如今，掌中藏有嘴巴，握手即可能帶來殺身之禍，被吃，往往難以設防。

將對方吃了以後，卻在自己的體內產生了一個新的生命，此乃始料未及的事，而這個新生命，「我」不得不懷著它，孕育著它，用全身的體液餵養著它，它藏在體內，無法擺棄；當它長成後，它「逐漸掙脫我的身體，游出了體外」，它雖離開了，夢魘並未結束，反而才開始呢。

詩的第二段說：「他游了過來，用皮膚覆蓋了我，我吸吮他的體液，他封閉了我。」是的，它是回過頭來攻擊，為它的前世復仇。它復仇的方式是用張開的皮膚來覆蓋「我」，把「我」吃進它的體內，不是用嘴。皮膚覆蓋，視同擁抱的行為，及親密的身體接觸，誰會料得到暗藏殺機？誰會加以設防？一個用手握，一個用皮膚擁抱，多麼美好，但其背後，是多麼兇殘可怕！

覆蓋再加上封閉，「我」陷入了它的體內，雖然「我吸吮他的體液」，以求取生存，但我也「在他的體內逐漸死去」；死是必然，沒料得再生，卻竟然能「再逐漸復活」，且「成為一個新生命」。生與死不斷的循環，如果有前世今生，那真是同一個生命在循環它的「生」與

「死」而已。

生，是苦；死，亦是苦。

生，是在仇家體內；死，亦在仇家體內。

生與死之間，是不斷的掙脫與攻擊。

到了詩的第三段，已非單純的由新生命一方反擊，而是母體和新生命同時的張開嘴巴，相互吞噬對方。此種情形，引申到現實社會，諸多實例可鑑，黨員從大黨分裂出來另立黨派，大公司的職員離職另立新公司；若能和平相處尚好，但是社會及人類終歸是現實的，為了生存而鬥爭，為了利益而衝突，哪管昔日是戰友或伙伴，從黨派、公司甚至個人，無不戰戰兢兢，無所不用其極的尋求克制辦法，像本詩中所寫的「激烈的吞噬對方」一樣，如果還有人性的話，這種「鬥爭」性格也算是人性的一種吧。

詩是一種美學，在處理現實生活中慘不忍睹的一面，例如戰爭、格鬥、殘害……等等，也將之作馬賽克或託付象徵技法的處理，如此觀之，本詩第三段後半「我吞著他的乳房，他吞著我的生殖器官，絕對，以一種既奉獻又佔有的方式，不斷的造愛和生殖。」突然轉變為做愛的描述，就不致感到突兀及令人訝異。雙方冒著攸關生死的「吞」或「被吞」，「吞」是佔有，「被吞」是奉獻，愛，不也是如此嗎？草履蟲的相互吞噬的激烈行為用做愛象徵，用生殖新生命做結果，完全把現實世界中部份人性的「鬥爭」性格美化了。

第四段只有一句：「來，和我握手。我的嘴巴在我的手掌中……」充滿了挑釁、引誘之意，它包藏了禍心，明知手掌中有嘴巴，還向對方招呼，甚至向不知情者引誘；明知將對方吞噬後，對方會在體內產生新生命，新生命會反過來報復，它還是要向對方挑釁。如果生命得如此爭鬥才得以延續，則這種方式到底是一種無奈還是一種使命呢？

來，來握手。沒有人知道誰的手掌中有嘴巴。

最後，將〈草履蟲〉一詩分析列表供參考：

草履蟲	
1、吃什麼	草履蟲互吃身體
2、吃的方式或器具	用握手、嘴、皮膚
3、吃後的處理情形	吃了對方以後，孕育了對方的新生命，新生命掙脫母體出去，再回頭來互吃
4、本詩的意義	象徵人類各種層面（如：政黨、財團、幫派、族群、公司……等）的反反覆覆的冤冤相報的鬥爭史
5、本詩人性表現	「鬥」

目擊成詩，遂下千年之淚

——《隱形或者變形》散文詩集中的淚水意象

自從和你以詩相識，一晃已過三十年了，這麼長的日子以來，一直注目著你在詩創作上的表現，在副刊或詩刊讀著你的詩，另外經你同意，在網路上以我的ＩＤ貼你的詩，這一切只不過是我對你始終的一種關懷，以及你我之間一種惺惺相惜似的詩人情誼。我對你的個性及詩觀相當了解，你的每一首詩我都牢記不忘，你寫詩的技巧和所欲表達的意涵，我可以一一分析一一解說，換言之，我要抓住你詩的核心並不難。

一九九七年八月你的第二本散文詩集《隱形或者變形》出版了，我覺得看到這本詩集就如同看到你本人，你在台灣這個紛亂的社會裡隱形和變形，很少有社會人知道你是寫詩的，所以並不引起社會的注意，除非你現身詩壇，不然你是孤寂的、是落寞的，你只不過是二千多萬台灣人民中的一位，要不是你寫詩，我也不會認識了你。

今天寫這封信，是想和你談你這冊詩集裡的詩，不管你同不同意我的見解，不管你接不接受我的意見，我是決定非說不可了。

陳義芝在〈詩的形象，世界的萌芽〉一文中說：「『含著淚』是蘇紹連許多詩經常出現的視覺刺點。此一視覺形象精緻、明晰，精緻因而具備意涵的擴展，明晰使夢想的世界聚射出輝煌的光。」緣此一發現，綜觀整冊《隱形或者變形》詩集，內含「淚」此一視覺刺點的詩高達四十首，占全部詩作數量四分之一以上。何以你那麼偏愛用「淚」來為詩妝點呢？我知道你喜愛杜甫的作品，在二十多年前你曾改造杜甫的〈春望〉寫了一首變奏曲，「感時花濺淚，恨別鳥驚心」是你最感動的詩句，那種因憂傷家國時事而掉的淚，和花草也濺淚的意象一直存在你心中，因此，你愛用「淚」來作為詩中的焦點，這也是其中的一項原因吧？

淚，是人類至情至性湧現的生理現象，凡有「淚」在，必是感動的情境，是純真，是悲苦，也是喜樂。詩人商禽的名作〈滅火機〉，為了小孩無邪的告白而哭，說「在我那些淚珠的鑑照中，有多少個他自己。」這首詩因「淚珠的鑑照」感動了楊牧，楊牧說：「假使我會寫詩評，我要用『淚珠的鑑照』做題目評商禽。」的確，「淚」真如陳義芝說的，是視覺刺點，具有兩個特色「精緻」、「明晰」，從淚珠的「鑑照」中，可以看見許多人間情性流露的影像，能給讀者許許多多的啟示與感化。

在古代詩人中，杜甫亦是寫「淚」寫得相當多的一位，真想從杜甫的詩裡找出你的血源，然而杜甫的偉大之處是你所不能及的，你流的只不過是小市民的淚水而已。我要鄭重告訴你，你要多關心政治及國事，才能提升你詩的歷史價值。好了，底下還是談談你這冊詩集裡有關「淚」的詩吧！

一、人生有情淚沾臆

杜甫因見曲江蕭條，乃感觸人生有情，不禁淚濕胸襟，而寫〈哀江頭〉裡如下詩句：「人生有情淚沾臆，江草江花豈終極？」杜甫目睹的是蕭條現象，而你在現今所目睹的景象和杜甫截然不同，是一種變形的社會亂象，例如〈魚眼幻境〉這首詩，寫這個世界像在魚眼鏡頭裡，一切都變形了：天上的白雲竟在陰暗的水溝裡，高樓大廈湧進天空中星星一樣的洞口，彎曲的煙囪和電線桿構成蜘蛛網。人臃腫如同氣球，浮沉在這個世界上。為什麼會變成這副景象呢？是髒、是亂！是社會的沉淪！你在詩的第二段藉一個小孩來抗議：

一個小孩也浮起來了，浮到我的眼睛中央，把背後世界的景象擠到眼睛的邊緣，從邊緣溢出去的，便是逐漸失去的景象。但是，那一個小孩也浮到眼睛的邊緣，不能避免的，隨著淚水出去了。

目睹亂象的眼睛中，出現了一個小孩，他把這些亂象擠出眼睛，不想讓你看到這些亂象，然而，小孩卻被不斷被複現的亂象擠到眼睛的邊緣，此時，你傷心著急，眼睛流淚了，不能避免的，小孩就「隨著淚水出去了」，從這個變形的亂象世界消失。當你的眼睛看到純真的小孩與醜陋的亂象世界對抗時，怎可能不流淚呢？

在另一首詩〈空屋〉，你描寫台灣社會空屋過剩的現象，由於房價太高，一般下層民眾買不起，如果用僅有的一點積蓄也只夠買到一條樓梯，一條樓梯能住人嗎？這些民眾住哪裡？原來是用樓梯爬進「宇宙」，詩的最後一句：「我們仍流著淚，沒人知道，我們偷住的空屋是宇宙。」你看到了，不禁要疾呼：「誰能釋放空屋？」我想，這是你對社會關懷的一首詩，也是向政府政策的發出的一個質問。可是，到了現在，那些窮困的人仍在「宇宙」中流淚呢！空屋的問題根本還未解決。

二、雙淚照痕乾

杜甫詩〈月夜〉：「何時倚虛幌，雙淚照痕乾。」是杜甫被囚禁長安望月思念妻子兒女時所寫，那種未重聚前滿臉的淚痕，月光如何能將之照乾呢？你有一首詩作〈鐵絲網〉是寫母子相思念的詩，詩的第一段描述這名已長大的孩子來到某一村莊，詢問國土疆界在何處，你告訴了他前往的方向，而鐵絲網正是築在疆界上。到了第二段，時空轉到從前，並和現在重疊，交代了母親尋子的情節：

有一隻土撥鼠在鐵絲網下找出路。有一個拍球的小孩滾到山坡下的彈坑裡，無聲無息。想撿球的母親天空啊，被隔絕在鐵絲網的另一邊，臉孔無助而流淚，甚至有鐵絲網的皺紋。也許，那個青年，正是失蹤多年的孩子，他終於來了，正尋找回自己國土的入門。

第一句：「土撥鼠在鐵絲網下找出路」，喻示了有人越界偷渡的情形，第二句「拍球的小孩滾到彈坑裡，無聲無息」，表示小孩在戰爭中失去蹤影。第三句「撿球的天空母親啊，……」是說母親像天空，當年戰亂，在鐵絲網另一邊，看得到球，但看不到孩子，她想撿回孩子遺留的球，卻撿不回來了；如果母親像天空，天空之大，又如何能被「鐵絲網」隔絕呢？可見「鐵絲網」象徵戰爭的強大威力，連天空都被隔絕在另一國土；母親的臉上鐵絲網一般的「皺紋」，不也是戰爭的傷痕嗎？如此戰爭的迫害，遭致孩子失蹤，母親的淚為戰爭及為孩子而流，流得多令人難過、驚心！

你還有一首描述親情的詩〈星淚〉，整首詩的內容以淚水貫穿，父母為了能看著孩子的一生一世，而把「為生命而流的淚水一滴滴地釘在漆黑的夜空中」，「釘」這一字給我如刀刻骨的感覺，唯有將父母的愛釘牢，才能讓「淚水在夜空中凝結成星星」。可是，到了詩的第二段，情況起了變化：

> 入睡的孩子，夢見自己長著翅膀，飛到夜空中，在每一顆閃爍星星之間飛翔，孩子呼喚著：「爸爸！媽媽！您們在哪裡？」每一顆星星忍不住的溶解了，恢復成一滴滴的淚水，從天空中滑下來，掉入孩子的夢中，也滲濕了孩子的睡枕。

入睡以後的孩子做夢了，夢見自己在星星之間飛翔，呼喚著父母，星星遂忍不住溶解、恢復成淚水，滲濕孩子的睡枕。你在這首詩中，先把「淚」凝結成「星」，再由「星」溶解成「淚」，這是一種轉化再回復的過程，其轉化力量先是父母的意念，後是孩子夢中的呼喚，所以才讓「淚」演出得這麼淋漓盡致。杜甫問的是他的淚痕如何能被月光照乾，而你已把淚轉化為滿天的星光了，如此，哪有照乾的一刻？

三、叢菊兩開他日淚

〈秋興〉之一裡有句：「叢菊兩開他日淚，孤舟一繫故園心」是杜甫因回憶往事思念故鄉家園時所寫，他老淚縱橫，淚水像秋天的氣息，蕭瑟冷森。想念自己的家園或是自己的國度，總是每一個異鄉人心中不時浮現的意念，心繫故園，何人不流淚？你的〈鷹架〉這首詩裡，正是描寫這樣的一群異鄉人，而且是跨越國度的異鄉人——泰勞或菲勞，他們來到台灣做建築工事，爬到高高的鷹架上，你寫著：

鷹架的結構彷彿是一個籠子，當候鳥飛進籠子裡，流雲也流進籠子裡時，工人們開始掉眼淚，從天空向南方望去，想何時離開這個籠子，回到自己的國度？

有一個工人想要眺望自己的國度，就一直往上爬，爬到鷹架項端，飛出去，終於化為一隻候鳥了！

這種從鷹架上飛出去的方式，無疑是思鄉至極的行為，但真能變成一隻候鳥飛回自己的國度嗎？我很悲痛的說，這個工人是墜地而亡了。思鄉的前題則是離開家園故鄉，發現你有一首詩〈離鄉〉是寫帶著孩子乘坐火車離開家鄉而流淚的情景，原先車窗外的風景是收集在眼睛裡，後來竟——像淚水一樣流逝，使得眼睛變得空空洞洞。詩的第一段如下：

孩子俯在我們的手掌裡睡眠，我們把窗外掠過的風景一一收集在眼睛裡，只是地下鐵道
那一段及幾個隧道，昏暗的，唉，從喉嚨經過，風景在電線桿的齒縫間被嚼碎。因此，
我們摀著疼痛的眼睛，流淚。

你在這段運用了「近距離」特寫鏡頭，並以兩個影像重疊的技巧來描述火車行駛的經過，第一個鏡頭是「手掌」的特寫，再以小孩睡眠的影像重疊於上；第二個鏡頭是「眼睛」的特寫，再以窗外不斷掠過的風景影像重疊於上；第三個鏡頭是「喉嚨」的特寫，再以地下鐵道及隧道的影像重疊於上；第四個鏡頭是「牙齒」的特寫，再以電線桿的影像重疊於上，彷彿風景被牙齒（電線桿）嚼碎；最後的特寫鏡頭是「摀著眼睛，流淚」。這種運用手部及臉部器官的特寫影像，令我印象深刻。

〈離鄉〉詩分三段，每段均描述了「淚」，最後的特寫鏡頭是「眼睛」，而重疊的影像是「火車駛進去，直向眼睛的深處」，深處是哪裡？是淚的發源地。離鄉之苦，一路是淚，離得愈遠，愈接近淚的發源之地啊！

除了思鄉之淚外，思人之淚亦是常見的題材，你有一首詩〈逆光人像〉是以沖洗相片來象徵對人的思念。你說，攝影者用照相機拍攝了一個女人，因為逆光，所以看不清楚她長什麼漾子，但她的影像留在底片裡，攝影者把自己關在暗房，每天「用思念的淚水沖洗」，想讓她發

光顯像。然而，都沒有成功，那個女人只能如同詩的第一段所寫的三種印象了：

她是身體內部發光，黑色而透明的人像，她的骨骼，血管，內臟均投影在她的皮膚上，可是啊，有時我看見她只是一片葉脈分明的葉子，垂掛在枝椏上，隨著風搖曳。可是啊，有時我看見她就是一張透明膠片，把她的生命痕跡投影在我的身上，我驚訝，不知怎麼撥開她的光和影。

第一個印象是黑色而透明的「人體」，看得到她的身體內臟骨胳血管，她毫無遮掩，暴露在攝影者眼前；第二個印象是葉脈分明的「葉子」，她柔弱，楚楚可憐的垂掛枝椏，隨風搖曳；第三個印象是「一張透明膠片」，膠片上有她生命的痕跡，透過光線投影在攝影者身上。

雖然這三個印象也深烙在攝影者心上，但是那個女人的臉龐長得什麼樣子，攝影者卻一片模糊，難怪攝影者要用「思念的淚水」沖洗底片啊！你這首詩表達了思念之苦，尤其對一個隨著時間逝去而逐漸模糊的人，也許是一面之緣、或更是兩不相識，竟也每天思念，情，真的是如此牽腸掛肚嗎？

四、近淚無乾土

〈別房太尉墓〉詩：「近淚無乾土，低空有斷雲」是令人肝腸寸斷的詩句，杜甫憑悼生死之交的亡友房琯，在其墓前流淚，淚水能浸濕身下的土地，可見杜甫流下了不少的淚水。對於死亡，你也寫了相當多的詩，尤其是用小孩的眼光來看待死亡，這點，我覺得非常不忍，死亡不該是那麼早由小孩來面對的。

你有兩首寫魚死的詩：〈魚罐頭〉和〈魚拓〉，而〈魚拓〉中流的是「小孩的淚」和「魚的淚」，你讓小孩看見棉紙上的魚拓墨痕，聯想「真正的魚兒已經到天堂去旅行」，而那如飛行船的魚拓墨痕也只不過停在「空中一定的位置」，小孩如何跟著魚兒到天堂呢？詩的第二段：

> 我拉起小孩的手說：「來，跟著我來做魚拓。」望著那簍子裡死去的魚，小孩卻含淚離去了。我從簍子裡取出一條魚，在牠光溜溜的身上塗一層淡墨，抹一層濃墨，當塗到牠的頭部時，發現牠睜得圓圓的眼球湧出了淚水。「是小孩嗎？」我為牠舖蓋棉紙，輕輕拍壓，直至牠的全身都拓印上棉紙，一看，那潮濕的墨痕，竟然是小孩的身影啊！

當大人拉著小孩的手要做魚拓時，小孩看見簍子裡死去的魚，就「含淚離去」；而當大人取出一條魚，看見魚的眼球「湧出了淚水」，以為魚是小孩；大人把魚拓印在棉紙上，那拓印的魚體墨痕果然是「小孩的身影」，如幻似真。小孩的幻覺是「魚變成飛行船」，大人的幻覺是「魚變成小孩」。在這種相對的變幻之中，魚體墨痕是美麗的，但必須用魚的死亡做為代價，所以小孩流淚了。

死亡之淚，充滿了你的詩篇。〈終站〉是寫趕赴見亡者最後一面的詩，首段寫趕路的情形，以「生命還有數十里啊」、「生命還有十幾里啊」、「生命僅剩兩三里啊」三句表示時間和空間同時逐漸縮短，暗示生命將盡，趕路者未敢停駐歇息。第一站任風景停靠在身，也無心欣賞；第二站任白雲停靠在髮，暈眩、頭痛也不管；第三站任星星停靠在眼，淚水已流出。站站都使趕路者疼痛、著急、流淚，為的是怕見不到將亡者的最後一面。那麼，終站呢？詩的第二段如此寫著：

你的笑容是一種黎明。鞋子和枕頭仍睡在一起。十字架立在夢的上端，投下來的陰影覆蓋了床上的你。我抵達時，將把我的淚停靠在你的臉上，然而，你是生命的終站，不必再趕路，我只想和你並躺，好好休息；雖然你的身體逐漸變冷，成為一道陰影。

在第一段「星星停靠在眼睛裡」表示時間已值深夜，所以在第二段看見將亡者的笑容時，則宛如一種淡白似的黎明了。鞋子和枕頭仍睡在一起，表示死亡亦是一如往常的睡眠，不必驚動。而十字架的影子從夢的上端覆蓋了將亡者的身體，是一種安詳臨終的象徵。後來，趕路者把一路未停息的眼淚全「停靠」在將亡者的臉上，和他並躺，陪著他抵達生命的終站。死亡前的最後一面終於見到了，死得安然，趕路者心中才免得有所遺憾。

〈終站〉這首詩除了寫死亡外還表達了愛，愛與死是許多作家想呈現的主題，你也不例外的寫了多首這方面的詩，我喜歡你那首結合「冰」與「身體」意象、感情外冷內熱的詩：〈冰〉，詩中男人以「淚」掉入女人「體內」，再同結為「冰」，作為愛的融合之始，這種情境，多麼令我動心。「淚」在此詩中展現的是淒美的感受。詩的第一段如下：

冰塊裡的一枝玫瑰花，是妳的心，像冷凍的火焰，以燃燒的姿勢，停格在我的眼睛裡。
我的手掌撫著冰，冰的身體晶瑩透澈，彷彿可以看見妳的青色血脈，妳的內臟位置，妳的骨骼結構。我的手在冰上輕輕滑過，仍能感覺妳肌膚的弧度方向。我的淚掉入妳的體內，和妳同結為冰。

透明的冰包著像火焰似的玫瑰花，這種又冷又熾熱的雙重感覺，交錯得實在難以分辨。女人死亡的軀體如冰，而軀體內的心卻像玫瑰花似的不斷燃燒；男人的淚掉入女人的軀體內結為冰後，就分不清何處是淚何處是冰了。最後段，你讓男人也進入冰塊內，擁抱那枝燃燒的玫瑰花，你的意思是只要冰不融解，則身體雖死亡，但兩人的愛永不凋謝，永遠以燃燒的姿勢凍結在冰裡面。

還有一首〈隱形者〉是寫對亡者的思念，內容顯然如同電影《第六感生死戀》的情節，女主角在男主角遺留的衣物、照片、日記中翻尋男主角可能存在的地方，可是縱有感覺，也還是看不見男主角。你以女主角的口吻寫下這段話：

> 我看不見你，但我能感覺到你的存在。你從牆壁走出來，我穿過你的身體腑臟，相互進入卻沒辦法相遇。你在我周圍和我共同生活，我看不到你而流淚，而哭泣。你伸手撫著我的臉嗎？我的淚水流入你的手中，穿過你的掌心而滑落。

女主角和男主角的亡魂共同生活，卻看不見男主角的形體，男主角的亡魂變成了「隱形者」，只能令女主角感覺到他的存在，能穿過他的魂魄身體，卻無法相遇，所以女主角除了想像男主角的亡魂伸手撫慰女主角的臉外，只有不停地流淚哭泣了，淚水穿過亡魂的手中，再穿過掌心而滑落。「淚」，在此落空，更加證明男主角在女主角身旁出現的不是具體實在的身體，而是隱形的魂魄。

死亡與情愛結合的題材，向來是淒美或悲涼的，電影如此，小說如此，詩也如此，可是，要從杜甫的詩作中找出這類的題材，可就難矣，有的是如「出師未捷身先死，長使英雄淚滿襟」寫蜀相諸葛亮，所引起的英雄感慨和淚水。

五、驚定還拭淚

〈羌村〉第一首「妻孥怪我在，驚定還拭淚」，是杜甫返抵家門時的狀況描述，妻子兒女見杜甫能平安健在歸來，在驚訝甫定之餘，不禁淚水崩潰，頻頻拭淚，親人見面，恍如隔世，能不掉淚嗎？重逢之淚，或返鄉之淚，處處可見，台灣開放返大陸探親潮的時候流得最多了。前述〈鐵絲網〉一詩即是你寫孩子長大後返鄉的詩，最令我震憾的是〈歸鄉〉這首詩，返鄉的方式竟然是將自己的耳、鼻、眼、手指、嘴一樣一樣剪下來寄回家，這首詩無淚可談，但我讀後，仍感熱淚盈眶。

有些事情也如「驚定還拭淚」這句詩，先是一番驚訝，再頻頻拭淚。例如〈懺悔室〉這首詩，寫一個人進入了所謂的「懺悔室」，室中只有一套可以倚靠、休息的桌椅和一具可以聯絡、告白的黑色電話，頭頂上有一盞不斷搖晃、逼迫的電燈，這個人拿起電話筒和自己的靈魂對話，可是他不知壁上鏡子的背後，有一群魔鬼在監視著他。這間懺悔室掛著一幅他的肖像，當他抬頭偷看見了自己的肖像時，發現肖像的模樣和他目前的自己判若兩人時，內心的驚恐，不禁讓他流下淚來。此「淚」也是對肖像的懺悔，肖像中的自己是生前的模樣，那麼，現在的他是死後的鬼魂吧，這個懺悔室就設在地獄裡了。讀你這首詩頗令人驚悚，模擬死後的情境難以想像。詩的第一段：

> 肖像禁不住流淚了。一個人的一生最終只是一張肖像，才能維持生前的模樣，是的，永遠的表情望著空蕩蕩的房間。看見我走進這個房間，肖像禁不住流淚了。

人死後供人憑弔瞻仰的，不是冷冰冰且僵硬的屍體，而是懸掛於壁上的一張肖像，肖像才能維持生前美好的模樣和永遠的表情。雖然生前享受物質揮霍和愛慾橫流，可是如今，眼前繁華殆盡，面對的是空蕩蕩的懺悔室，當肖像看到自己的鬼魂走進來時，怎可能不震驚、不落淚呢！

六、悵望千秋一灑淚

杜甫的詩〈詠懷古跡〉之二：「悵望千秋一灑淚，蕭條異代不同時」，是感同古人的詩，杜甫悵望著千年前的屈原弟子宋玉遺事，人雖不同代，宋玉悲草木之情操，亦讓杜甫灑下同情之淚。淚，不分年代古今，不分身份貴賤，只要心是相同，情是相傳，流過的淚依然會再復現。你是否有杜甫的心、有杜甫的情呢？

你在〈一對紅燭〉這首詩裡，寫一對紅燭同時被點燃，兩相凝視，發現兩人命運相同，而不能兩相救贖，只能眼睜睜的看著對方耗盡自己的生命，燒盡成灰。這是註定的命運嗎？你在詩的第二段如此寫著：

她和她同時被點燃，不能解救的淚水在火焰中流出，緩緩的和自己的身影凝結，擴延，再和對方的身影交融，在桌上形成岩層。她對她說：「妳的身體只剩一半了！」她應聲：「妳和我一樣。」她們用生命相互印證相同的命運，最後，留在桌上的——是她們緊密交融的一灘紅色身影。

一句「不能解救的淚水在火焰中流出」，正是描寫燭液流出的景象，生命燃燒而有火焰，命運如此而流淚，兩人的淚液和身影凝結，再和對方交融，是互持，也是相憐，最後兩人同時殉亡，留下她們「緊密交融的一灘紅色身影」。天底下有多少類似這樣不能解救而眼睜睜看著其死亡的人啊！你在這首詩表達的是同命共存亡的傷痛，而另一首詩〈沙漏〉表達的則是同命不能併存的傷痛。

你雖沒有杜甫念宋玉灑下的千秋同情之淚，但你在〈心電圖〉這首詩，亦有小孩對病人灑下的同情之淚。這個同樣是生病小孩對另一個病人說：「心電圖上，有一條發光的河哪！」其實，那條發光的河代表那個病人的生命之河。於是，好奇的小孩「走入心電圖裡，逆行尋找河的源頭」，河有光芒，而且是跳動的，正如心電圖光點的跳躍跡像，也正是「生命的光」之軌跡。那麼，小孩有沒有找到河的源頭呢？此詩分作三段，你在最後一段如此寫著：

> 小孩終於找到河的源頭了，那是我的心臟啊！我緊緊的摟住了小孩，卻在我的心電圖上，看見小孩的淚光一滴一滴延續的為我流著。

河的源頭，竟然是「病人的心臟」，這也就是說，心臟跳動才有生命的跡像，如果心臟停止跳動，則生命之河亦即隨即消失。由於同病相憐的小孩付出了關懷，致使另一個病人深受感動，而緊緊摟住了小孩，此時，「小孩的淚光一滴一滴延續的」為那一條生命之河流著，這是小孩怕那個病人的生命消失，而以無限的同情心懷和「淚」，來延續那個病人的生命吧！

「淚」的作用在〈心電圖〉中是延續病人的生命，在〈金魚眼的小孩〉詩中則是「餵養」了小孩落寞的心情。你在這首詩中說，臉上有一對金魚眼的小孩在玻璃窗外窺視你，憂鬱的你正沉思著，你心想，小孩也許很想進來和你作伴，而你注目的焦點是小孩那對眼睛，果然像一對金魚游進屋子裡來。詩的第二段，你說：

在我前後左右環繞，緩緩的游著，使我昏眩了。我眼中含著淚水，等待，企盼，果然那兩隻金魚游過來了，游入我的雙眼裡。我終於用淚水餵養了小孩那對落寞的眼睛。

你的等待和小孩的企盼，終於結合。我想，這也是一種同情心的表現，小孩的落寞讓憂鬱的你感動，使你眼中含淚，你接納他，並「餵養」他，疼之，惜之，保護兒童，關懷兒童，是這首詩的另一層含意吧？

七、天涯涕淚一身遙

杜甫在其〈野望〉詩中寫著：「海內風塵諸弟隔，天涯涕淚一身遙」，可知人在天涯，往往心有所感，淚便源源如泉湧了。淚水之流，均是心有所感，情有所動而發，現代人不必人在天涯，只要一出門，或不必出門，耳目均逃不開外界來的種種刺激與汙染，那麼，處於這競爭激烈的社會裡，現代人心中大都有什麼感觸呢？

你在〈工作坊〉這首詩裡寫出了男人的「隔離感」和「失落感」，詩的附標題說：每一個男人在他的一生中都要有一間工作坊，為什麼？是工作坊可以成就一個男人麼？你認為工作坊可以給男人在自己的手中打造自己的世界。只是，自己的世界和外面世界不相同，也由於男人專注於自己的工作，而不知外面的世界離他非常遙遠，因此產生了「隔離感」。男人手中的世界到底是什麼樣的世界呢？詩的第二段說：

> 工作坊裡的男人手中的世界，是無聲音的，是無色彩的，無生命的，無時間的。他繼續打造這樣的世界。直至有一天，這樣的世界終於被他自己的淚水流走了。

聲音、色彩、生命、時間都沒有的世界，是什麼樣的世界？真正的男人可以不要聲色生命及時間嗎？也許這樣的世界是男人對外在世界的一種反抗，在男人的一生中都私密的打造著。這樣的世界當然比不上外面的世界，但當陰雨綿綿時，外面的世界也不是能那麼舒適快活，老天的眼淚——雨水，照樣毫不留情的把外面的世界流走了，男人根本無法將之找回來，所以男人只得在工作坊裡打造自己並不完美的世界，但是，男人心中的「失落感」卻觸發了自己的淚水，終於「自己的世界」也被「自己的淚水」流走了。這種對外在世界的「隔離感」與心中的「失落感」，在現今社會中，一定有不少這樣的男人吧？

看來，你的外在世界及自己打造的內在世界，無一能留存呢！你到底生存在哪一種世界裡？流走、失落的事物也有復現、拾回的時候，再度燃起的感覺會更猛烈。在你許多灰暗色調的詩作中，難得看見〈劍〉是一首略較激昂勵志的詩，你寫一位作者焚燒詩稿、畫作，用熊熊的火來熔、冶煉，才鑄得一把劍，揮向黑暗。但是，它其實是作者的一隻手臂，曾舉著旗幟在人生的路途上抗爭。是「手臂」還是「劍」？沒錯，在此詩中，「手臂」等於「劍」，兩者意象交替，有著相同的指涉。第一段寫到「淚」字：

> 我拾回一隻手臂，它已好久未曾拿筆寫詩、作畫，未曾和愛人、朋友的手交握；它的皮膚斑駁，鏽得一片片剝落。它是一隻令我流淚的手臂，我在失去它的日子裡，也失去擦

淚的動作。

「失去擦淚的動作」，淚如何能停止？流淚而無擦淚，淚在臉上的痕跡日積月累，那該是怎樣的一副傷心的臉龐呢！詩到第二段，才把「手臂」轉化為「劍」，讓「劍」的象徵意義在此詩中展現，把「悲傷」提昇至「悲憤」。雖然這隻手臂曾被砍斷、失落，失去它也失去擦淚的動作，但現在已拾回來了，就可以恢復擦淚的動作，而且可以鑄成一把劍，繼續著往日奮鬥抗爭的精神。我想，這就是你給予現今社會中某些失落感較重的人的一種啟迪吧！

〈工作坊〉象徵對外在世界的隔離與失落，男人從外在世界躲入工作坊營造自己無聲無色無時間無生命的世界，而〈劍〉則象徵對外在世界的抗爭與進取，不管是否曾經遭失落或毀滅，都可以尋回再冶煉、重鑄。你這兩首詩正好代表了某些現代人的兩種感覺。

你在這本詩集的後記中剖析的創作經驗說：是沈臨彬那句「所有的文字扭曲而變成下垂的淚滴」震撼了你的心，使你年紀青澀時寫詩也想寫出變成淚滴的詩，今我讀你這本詩集，果然處處見淚，只是，並非你的文字變作淚，而是詩中的情節及感觸足以讓我掉淚，也許是我太了解你了，也許你我真是心是相同，情才相傳，換作別人，不見得會有此感受。

讀你的詩，感懷正如《杜詩鏡銓》引王嗣奭評〈無家別〉說的：「目擊成詩，遂下千年之淚。」你在詩中寫的大都是為愛、親情、生命、死亡、思念等等而流的淚，想想數千年以來，人類不都是為這些而流嗎？淚，的確不能止，唯詩人的感懷更深，詩人的淚更多，凡是詩人所目擊處都成為詩，都流成淚。

捧讀你這本詩集，正如你寫的〈封面〉一詩的內容，讀了兩三小時了，再看一次封面時，幾乎看到「書名淌出淚水」來。最後，讓我把這首詩抄下來，作為本文的結束吧，也希望你能用找回來的那隻已鑄成劍的手臂把你的淚擦乾，並繼續寫詩。

我和你面對面四十分鐘了，但是，你不變的表情如同一本詩集的封面，擺在我伸手可以
翻閱的距離，你的眼睛是封面上那兩個宋體字的書名，注視著我。

封面上的書名淌出淚水。
一本不易解讀的詩集，無法承受塵封的命運。

我和你面對面兩小時了，你的表情始終如一，印刷在我疑惑的眼睛裡。我不敢翻開你的
臉底下的文字，那一句一句的詩，會擊傷我的心靈。因此，我低下頭垂淚，因此，我再
仰臉看你，你的表情仍舊不變，永遠是一本詩集的封面，作者是「蘇紹連」。

卷四

少年的網路詩風雲

BBS網路poem詩版反思

一、

當眾多詩人仍執意於紙上平面的發表是詩人唯一的發表方式時，悄悄的，另有一群在紙上得不到發表機會（例如：遭報紙副刊、詩刊、文藝刊物、出版社等退稿）的作者，已經在網路上尋找到另一個發表空間，這個空間就是各ＢＢＳ站連線或未連線的詩版。這個空間可以讓大家任意揮灑，不受限制，不必擔心退稿，更不必擔心取稿標準或自己作品的水準，而且回收效益迅速，可能立即有回應或讚許、推介，更大的效益是可以互動討論，由此而相互切磋，增進寫詩的功力，顯而易見的，一個網路上的詩創作者，比在紙上發表更能滿足發表慾，若受到讚許，也有某些程度上的成就感。

然而，網路上發表容易，卻也消逝得快，不到數天，你的作品便被遠遠的拋在後頭，除非版主肯為你收錄於精華版，否則，任何詩文過一段時日之後，便石沉大海而消逝，殊為可惜，就以我個人為例，去年七月起至今年一月，我陸續在某兩個ＢＢＳ站貼了將近三百篇詩文，而這些詩文現在卻全看不到了。這是詩版值得隱憂的地方，將來論詩史，網路詩版能否站一席之地，全看詩版每月的詩作及論評能否永留版上，否則，史料研究者如何能找到資料研究？

．網路連線詩版生生不息的創作量（每月少則三五百篇，多則近一千篇），如何找到定位點？將是網路詩人深思的一個重要課題。網路詩人不能永遠只停留在滿足網路上那一丁點容易的發表慾，而應開始考慮網路詩版以及個人寫詩生命的何去何從。

二、

法國大文豪伏爾泰說：「浩瀚書籍，正使我們變得愚昧無知。」同樣的，浩瀚的連線詩版作品數量，正在使詩版上的作者和讀者變得愚昧無知。這也就是說：量大而無選擇、無淘汰、無過濾，作者嘔吐式的發表量，以及讀者囫圇吞的閱讀方式，將給詩版造成清理不盡、讀之不盡的災害。如果每天都是這樣上詩版，見到的是參差不齊，不知分辨作品的優劣，看了就丟，這樣到底能從詩版獲得什麼？

・

詩版上偶爾有評論者出現，不管他是做為詩版上的清道夫也好，或是挖寶者也好，都是非常值得慶賀的一件事。至少，他們能帶來某些程度上的激盪，不致使詩版上某些人永遠陶醉在自我建構的網路象牙塔裡。詩版有評論，就說吵雜；沒評論，就說清靜。清靜好嗎？不見得，它可能是死寂，君不見某些不連線的ＢＢＳ詩版，最清靜了，但也像死了一樣，難得一年半載有一兩人上站來悼念。

・

在網路詩版上，任何人都可以高來高去，低來低去，任何人都沒權利阻擋或指責或要求〔在不違反網路的遊戲規則下〕。任你悄悄的來，也悄悄的去，沒人在意你的年歲是老是少，或你輩份是前是後，也任你真名或化名，都由不得你質問。

由於不知誰是誰，有人自以為站在暗處，就可隨便批評，就像背後不見血的捅一刀（是指尖酸刻薄的諷喻），自鳴得意一番，然後一逃了事，過後再換個帳號重新上場，真是神不知鬼不覺嗎？

然而，你也無可奈何，因為他只是諷喻，並沒明說呀。所以，一旦這種現象發生時，被批評的作者一定要把持住自己，千萬別因而喪志，看習慣了，也就看開了。

・

大家對於詩這個形而上的東西，多少都帶有敬畏的心理，不敢言也不敢論，尤其怕一言論，招致駁斥，評詩稍嚴，又怕傷到作者的自尊，引起作者的不悅或意識上的反彈；因此詩版上對詩作讚美者有之，指陳缺點者，則少之又少。

詩是什麼？各家有各家的說法，你也可以有自己的說法。只是評者的理性最怕作者的情緒化態度。

作者自己本身的詩觀，評者當給予尊重，而由評者的論點對作品產生的褒貶，作者當虛心接納。

•

這是一個人人可以開口評論的時代，但也是一個最不尊重評論的時代；評論的嚴肅性已慢慢消失，取而代之的，是嘻笑怒罵、尖酸刻薄，令你不得不寒心。

上網的作者希望被讚美嗎？相信你我均如是，然而在詩藝的精進上，我倒希望評者能多多指陳缺點，這樣的評者不是害作者，而是實實在在的幫助作者，不是把作者趕出詩版，而是想讓作者在詩版有所成長。

我希望每位想上網的詩作者能做如是想。

三、

實際上，網路BBS詩版上拙劣的詩作，多過於好詩（很抱歉，每人對好詩壞詩的分際可能不一樣），也許，這是連線詩版年年月月一再輪迴，詩作水準仍不見提升的一大原因。

這是不能怪罪的現象，因為網路詩版沒有淘汰制度，沒有像詩刊副刊的編輯人員把關，由於門戶開放到前門通後門，廚房通臥室，彷彿大雜院，縱使有版主管理，但也只是清清垃圾，至於品質，則無權取捨。

話說回來，這是網路詩版的缺點，卻也是它的優點，有不少初生之犢是從這裡起步的，慢慢成長的，要是沒有網路這麼開放的詩版，可能在他們一再被副刊詩刊退稿，到處碰壁下，而喪失寫詩的興趣。

所以，網路詩版便成了他們的安樂窩，可以盡興的把自己的作品一一的任意的發洩（表）出來。

你我應衷心的喜歡這個網路連線詩版，不必因其水準不如詩刊，而不再來光顧、捧場，要是你（包括詩人）有空，請多上連線詩版，好嗎？

•

如果詩版上有評論者，那麼，評論者的目的，不是在促使作者成為作者或詩人，他應該是替讀者服務，為讀者導讀，使之更容易正確的進入作品的堂奧。

而作者願不願意從評論者的評論中修正自己的創作觀和創作技巧，自是評論者所不能勉強的事。

・

詩版上的好詩不會因其優異的詩質而自動的留下來，只有經過評論者的發掘或讀者的心領肯定，才能慢慢變為經典。然而，最重要的還是論評者，論評者以其文學專業的素養，對作品進行解析與論述，當更能獲得大眾的信賴。

因此，網路連線詩版除非有學者、詩評家投入，進行指正或評述的工作，以及優秀詩人提供作品做觀摩，不然，詩版水準將永遠在原地踏步！

・

好作品，不被提起，往往會因被忽略而遭塵土掩埋，詩版上的好詩如因而流失，殊為可惜，還是重複前面的呼籲：詩版極需多位評論家投入參與。

不管評論家採取哪種理論派別，都應給予尊重，他們評論詩版的詩是一種服務性質奉獻式的工作，真正獲益的是讀者和作者。

・

有些作者認為自己上詩版只是寫寫發表，就以此滿足，更認為不必引起評論家或詩史研究者對他的青睞，索性拒絕評論家的光臨了。

以前連線詩版有位作者說：「詩作如同作者的兒子，不是來給人批評的。」

像這樣金包銀的心態，如果長存下去，詩評者也會怯步，或因而置之不理，棄之不顧。

雖然，寫詩的人上詩版的目的各不相同，有些人也許不想成為詩人或作家，但有些人卻有志於此（不見有不少作者在文末懇求批評嗎？）。對於渴望接受批評的作者，倒是值得鼓勵的。相信這樣的虛心求教，對於詩藝及人格涵養，一定會大為精進的！樂於見到對詩這麼熱忱的人，令人感動。

可是，有些評論者、詩史研究者或詩選編輯者自一開始就忽視詩版上的作品，而迴避上網路進行評述，實有待修正理念，正視網路詩版的存在及其重要性。

•

縱使作者並無成為作家或詩人的欲求，但作品已發表，就有留待詩史研究者及評論家研究的必要。

詩版上的作者：你要先不自輕，才可獲得評論家的重視。

評論家及詩史研究者也不應忽視這蓬勃的ＢＢＳ網路詩版（縱使作品參差不齊）。基於此，詩版何去何從，如何寫進詩史，的確有賴大家鼎力促成。

作家在紙媒體之外找出路？

若在以往媒體不那麼普遍時，作家拒絕紙媒體無疑自斷其生路，但是現在媒體的多樣與網路的興起，作家不見得要在紙媒體生存了，所以有人因掌握了網路發表的習性，而開始了拒絕了紙媒體，這是不可避免的後遺症，要知道人的習性現象已產生，則甚難改之，就像有人習慣紙媒體創作，而拒絕親自上網。

所謂「掌握紙媒體的核心群強勢到使得外人不得其門而入，誰謂吾人不得另尋出路？」我想，這是理念問題，任何紙媒體都有其經營理念，合則相互為謀，不合則拆夥；媒體一定有門，沒有門的媒體如何吸收各方作家的作品，媒體不開門，無異是自取滅亡。媒體的門，端看你是否願意走進去，強勢媒體的門就如有守衛管理員的大樓，它管得嚴，也許要你證件，也許要你著西裝領帶，也許要你戴斗笠著粗服，各有其門規（媒體的風格或取向），你想進入，你就調整一下自己的打扮，無傷自己的尊嚴和格調。

每一個媒體都有「求才若渴」的心吧！換任何人掌握媒體，也該有此心，希望有好作品好作者在你所掌控的媒體出現，不會把門關閉，拒人於門外。

「紙媒體通常掌握在具有接近的審美標準的一群編輯手中，當投稿者的審美觀和這些編輯的審美觀不同時，投稿者的作品會被紙媒體採用嗎？」每個人都可以有自己的審美觀，都可以宣稱自己擁有最好的審美觀，但是，我寧願看到的是一個可以不斷修正和演進的審美觀，如此才可以拓寬自己的審美視野。一群編輯的審美觀不應是單一的，從一本詩刊上看到很多不同風格的作品，即可證之。一個作者的作品不被採用，也有可能是作品本身內容及技巧拙劣的問題，不是作者審美觀和編輯審美觀不同的問題。不必把退稿怪罪到編輯的審美觀。另可能是，編輯者不見得天天張開慧眼挑出好作品，也有編輯者的確像瞎了眼，但這也難怪，編輯者的失漏，在兩大報亦常有之。

「媒體權威」的形成有諸多因素，其中之一是「有許多非常重要及評論家公認的好作品在這一個媒體經常出現」，因此，它形成了權威；「媒體權威」不應該把它認定在「編輯群」身上。我認定它是權威，是認它的作品的量與質能否發揮影響力。作者要向它投稿，這是一種考驗，不是屈從；作者不願向它投稿，是個人心態問題，不是創作方向問題。

若是創作方向的不同，自認為不適於某一媒體，則可改投另一媒體發表，一樣是大門敞開。不必和自己過意不去，而畏於退稿。當你覺得刊之不易時，你會愈珍惜能刊出的作品；當你想獲得青睞時，你愈會再三斟酌自己的作品；當你向「文學媒體權威」知名刊物（如《聯合文學》、《中外文學》、《台灣文藝》）投稿時，就好像向一座高山挑戰，你愈能激發自己創

網路詩人的地下城

不是因為上了網就得寫詩，不是因為寫了詩就得上網；寫詩和上網劃不上等號！只是——上網成為生活的一部份，寫詩也成為生活的一部份；只是——兩者不小心碰在一起，所以就有了網路詩人。從紙媒體脫胎，一路奔向網路的詩人或一或二。在紙媒體上建立的書香城堡，紛紛轉化為網路地下城。詩人在網路構築巢穴和分割活動空間，張貼詩作和開啟互動管道，此舉，撼搖了許多原本聞網路即不屑一顧的詩人，但是這種不屑網路的紙媒詩人卻只能望著N世代自嘆無能一探網路地下城。

網路詩人的地下城約在四年前建築於各大學的電子佈告欄（ＢＢＳ），而近一年半來則以網站網頁的形式構築於網際網路（ｗｗｗ）。在這種前後不同建築模式的地下城裡，所形成的建築風格不盡相同，且進入地下城的網路遊民得適應及熟悉各個地下城的遊走方式，所以，要常駐於某一地下城不是容易且甘願的事。遊民一再遷徙，何其多的網路遊民在地下城進進出出，雖留下無數的腳印（ＢＢＳ連線詩版平均一個月約貼四百篇長短不一的詩文），但能樂此不疲且購置店面掛起招牌的，卻寥寥無幾。這可是對地下城的效益失去信心？

當然不是，網路詩人的地下城仍擄獲不少愛好者的詩心，堅持及定時上網的詩人大有人在。連結的各個地下城幾乎是比鄰而築，通道相連，由一個地下城通往另一個地下城數秒鐘就可到達，比乘坐捷運還快，但這不是擄獲詩心的主因。

紙筆的創作工具更換為鍵盤和螢幕以後，詩人作品的故鄉——紙媒，便不再迷人，連帶的，創作形式及發表方式也突破紙媒體的老舊觀念，敏感及實驗力強的詩人和年輕的學子紛紛泅入網海闢建一座座屬於詩人自我的地下城。

在地下城可以看見的特色是：

1、非主流詩人浮現檯面了，這個檯面即是網頁和電子佈告欄，不久的將來，如果主流詩人仍繼續自囿於紙媒檯面時，將難以和非主流的網路詩人相抗衡，可以預見的，未來不管網路詩人的成就是否能夠凌越紙媒詩人，網路詩人擁有的網路科技形式將使整個詩壇及作品產生「質變」。

2、「質變」的網路詩作已陸陸續續出現，「詩」和「非詩」的傳統界線或觀念不再具任何意義，詩不必再是用字呈現，它可以是一些符號、符碼，在螢幕上，詩還可以聲色兼備，交替襯托，也不再是靜態模樣，它可以連結、移動、甚至套用程式語言，最重要的，它不再是單向傳遞給讀者，它可以和讀者互動，由讀者操作，讓詩再生，成為讀者生命的一部份。相信這些效能是紙媒體望塵莫及的，也是主流詩人作夢也想不到的事。

雖然網路詩人建立地下城符合N世代的習好，聲勢也在詩壇逐漸上漲，但是現實上有兩項瓶頸尚待突破，不然一切都是在虛擬幻境之中。其一是：如何抵抗傳播媒體財團大亨的吞噬，或如何與傳播媒體財團大亨合作，讓網路詩人有權利保護及推廣網路詩，就如同報紙副刊或出版社的總編輯，進行更具權威性及包容性的影響力。不然，網路詩人的地下城將在傳播媒體財團大亨所建立的超大型地下城的陰影覆蓋下，一一沉埋於網海裡。

其二是：期待一位真正的網路詩理論家和創作大師，及期待塑造出網路詩的真正特色。截至目前為止，台灣網路詩的發展歷史只不過三、四年而已，尚在起步當中，能引以為典範的網路詩人及理論家幾乎沒有；而網路詩在文本及超文本的雙重交錯中也尚未發展出足為借鏡的特色，可說一切尚在摸索與實驗階段，是故，網路詩風潮雖起，就算詩已經質變，但詩質還比不上過去及目前利用紙媒體所發表及出版的詩作詩集的千分之一。而這才是網路詩人真正要努力的地方。

為了超越主流詩人，非主流詩人及年輕學子勢必在網路上更為勤奮、更為用功；為了延續詩的另一種媒體生命，能自覺的主流詩人也勢必順應時勢所趨投身網路，遊走或架站築起地下城，和非主流詩人共同走在科技和潮流的前端。屆時，二十一世紀真正的主流詩人將會換成這一群遊走地下城的網路詩人。

與超文本經驗鏈結

一、從文本到超文本

千禧年元月，我更新了我所建構的《現代詩的島嶼》網站，並在網頁上寫下這麼一段話：「西元二千年起，網路詩開發的絕對趨勢，如果不是超文本，那會是什麼？既以電腦網路科技為媒體形式，超文本是現代文學創作者心動的選擇，身為二十一世紀的創作人，應極力投身超文本的領域，為網路詩放射耀眼亮麗的新曙光！」這些話對超文本觀念尚膚淺而且不懂電腦程式語言的我，毋寧是給自己下了一張戰帖，我知道我要面臨創作歷程上的另一種抉擇，是極為艱困的考驗，也是沒有絕對把握的挑戰。

有人懷疑上述這段話的可行性，尤其是平面媒體文本作家，他們堅持文本的不可替代性和純粹性，認為文學的表現形式以文本為至高無上。他們認為文學作家是文字工作者，而非電腦程式編撰或是套裝軟體的工匠，以為過份重視紙筆之外的創作工具及技巧，就成了本末倒置，耍耍花招，眩人耳目而已。他們以為只提供文字，這些文字中的思想、意象、情感就會自動的出現在讀者腦中。他們以為文字的效能足以擔負作者的意念，不須經過再處理，不須搭配其他符碼或透過另一形式來表達。

我可以理解平面媒體作家這種堅持文本為理想的精神，因為我們自小受教育後，都一樣是浸淫在文字語言的思考模式中，尤其是文字工作群中的文學作家，更以善用文字為能事，豈可棄文字而就其他媒介？我相信這是不可能的事，所以我在網頁上說：「文學，原是文本的世界，自古至今，留下無數豐富人類心靈、啟發人類心智的作品。語言藉文字得以流傳，人類透過文字得以心領神會。純粹文字即飽含意義、聲韻、形式、想像等，它功不可沒，絕不會從網路上消失。」我肯定文字語言，寫作者終其一生，無非在運用文字語言，創造其風格。只是對讀者而言，文字是得經過學習和認知的符碼，文字的抽象化和教育程度剛好成反比，未經學習和認知的人，愈不認識字、詞及文法結構，對文字語言愈感到抽象，愈無法掌握文本意義。

自從網際網路風行成為閱讀平台，動態超文本作品相繼出現，紙筆的寫作或傳統的視覺藝術已不能滿足現代網路創作者的表現慾了。雖然網路吸引了一些在平面媒體已有成就的作家上網，將作品置放在網上，他們對文字運用的熟練度無庸置疑，優點是懂得運用及組織出色而恰當的文字，但他們對動態超文本製作方式所知有限，對軟體的技巧並不熟稔，不見得會進一步將文字轉化為視覺圖像及動態影像。而且以動態超文本做為表達的形式時，這種與電腦結合的創作技巧並非那麼容易學習，得花費相當多的時間反覆練習，沒有熟稔電腦程式語言套裝軟體者，很難達到技術上的專業素養及作品的精緻程度。他們也許沒有學習途徑，往往由於克服不了電腦技術，而打退堂鼓。

我呢？實際上，我不懂電腦程式語言，沒有人指導或去電腦班學習，我僅僅靠著幾本製作軟體的書，自我摸索，學了軟體的基本操作技巧而已，深入的部份不是我能力所及，我認為動態超文本作品還是以文學性為重，電腦軟體技巧在其次，用最少的技巧不見得做不出好作品，過於重視技巧，反而喧賓奪主。在一九九九年底，我初次接觸了Flash這個軟體，二千年元月設置《Flash超文學》網站，發表自己以這個軟體製作的作品，至二〇〇一年二月，一共做出了約六十則作品，數量不可算少，是台灣文學網路的創舉。我沒有打退堂鼓，雖然我在平面媒體減少了發表量，但在網路上超文本的創作卻獲得了有識者的回響。

二、文字與圖像相互換身

1

一般人看到我的Flash作品，也許最好奇的是Flash軟體的技巧是如何操作，我想這不是文學作品上的問題，若想知道軟體的技巧，翻閱軟體工具書更能得到詳盡而完整的祕訣。我認為從一個文本作家轉型為超文本作家，對動態超文本的概念得有深入的體會，尤其在文字與圖像的關係上，要做平衡的思考。我們應該知道文本的意義、意象、情感都有其歧義性及模糊性，因此，超文本作者必須加上一種視覺性的方式來表達這種游離不定的抽象東西，而圖像則是最好的選擇。

2

文字本來是神祕的抽象語言，圖像是易為辨認的具象語言，這兩者在超文本作品上卻相互掉換了位置，文字可以成為具像語言，圖像也可以成為抽象語言。換句話說，即超文本作品的特色之一是把文字當作圖像來使用，許多經過設計而羅列的文字成為一個圖像時，它便含有文字語言和圖像語言的雙重意義；在欣賞超文本作品時，讀到文字，思考文字的意義，看到圖像，思考圖像的意義，一個由文字構成的圖像，讀者的腦中可能發生的，就是圖像與文字並行的思考方式。

3

文字存在於文本時，它有其做為文字該有的意義，但當文字轉化為圖像或與其他圖像連結並置時，它的意義則另有不同或另有增益了。作家所使用的文字提供給我們一種抽象化的想像情境，超文本圖像化的作品亦然，圖像和文字具有同等的說明力和表達力。我相信，讓文本變成圖像化，不是腰斬作者意念，而是絕對的綜合，為作者的意念做現象詮釋。

4

圖像的敘述能力強、易懂，能直接將文字間的意象、意念，以讀者較能了解的形式表現，使平淡的閱讀空間變成活潑的畫面。企圖將文字圖像化、動態化的超文本作品，使得文字的功能突破了以往難以傳達的抽象思想。文本版面中加入圖像，立即引起視覺流程的變化，影響到讀者的注意及關懷。圖像能忠實的映出具體物象，增進閱讀印象及掌握思考方向，並非語言文字的表現力減弱，而是圖像有象徵性，也和文字一樣具有可讀性，對空間表達直接而具體，寬容度高，能夠適合不同年齡、知識的讀者欣賞，在視覺傳達上能協助讀者理解，效果比文字更好。

5

文字圖像化時，不純粹是文本，也不純粹是圖像，它是圖像內有文字，文字排列上有圖像，就算是對文字冷感的讀者，也能經由文字排列出的圖像體會出一些含意。文字語言得透過教育的心智能力才能認知，而圖像語言則直接是現象世界的感知。讀者的眼睛視線掃描靜態的文字圖像，思索文字意義、圖像徵象、情感意象時，文字本身不動，動的是讀者自己的心、自己的眼，自己的腦。

6

而超文本的表現方式更將文字圖像由靜態推向動態，作品直接走向四度空間，讓讀者的視覺閱讀體驗更為豐富及多樣化。掃描動態的文字圖像時，讀者會加上思考動的方向、動的目的、動的效應、與其空間和時間的關係。動態的文字圖像有極大的時空牽引力，驅使讀者隨著動態文字圖像不斷的在作品的時空中前進及思考。動態化讓讀者游移於作品的時空中，鏈結按鈕則決定讀者在作品中不同的時空活動範圍，可以倒回，可以跳離，可以同時開啟，不必按次序、不必顧及連不連貫的問題。超文本有時空伸縮變化的魅力，也有文字思考的魅力，此為動態超文本作品的另一特色。

三、超文本作者解套術

身為一個超文本作者，要自我體認到此類創作的侷限性和挑戰性。創作超文本動態作品，不像寫作那麼直接，一枝筆、一張紙即可塗塗寫寫，寫作只要有了靈感或意念，即可動筆運作，可是超文本動態創作卻大費周章，要依附許多外在技巧的條件。它可以由幾個人一齊合作做出作品來，但這種需要花時間、精神卻沒有報酬的工作，不太可能組成一個創作團隊，最終還是作家為了創作理想，而變成由自己一個人獨立完成。因此，超文本作家要十八般武藝都會，會寫作、會繪圖、會版面設計、會軟體技術等等，就像一個身兼編劇及掌鏡的導演，那麼的辛苦。

超文本作者要怎麼做，才不會因怕被套牢在文字與圖像的困境裡，而失去創作的毅力和突破的方向呢？我想以個人的認知範圍提出以下幾個觀點：

1、關係：超文本作者要能深入的分析圖像及文字間的關係，構思前一個圖像如何與後一個圖像連結，不同性質的圖像如何與不同意義的文字貫穿起來，以產生合理的連貫性，造成時間、空間及心智情緒的相互制衡，而不是只有考慮文字句法或意義上的通順流暢而已。

2、延伸：超文本作者要將文字的意義延伸到文字的圖像上。文字，是視覺符號的一種，不只是當文字而已，它還要被當成圖像看待，來建構他的作品。對文字冷感的讀者而言，文字意義並非完全重要，有時焦點應擺在如何讓讀者體驗螢幕上的圖像空間，或如何用螢幕上文字組合成的圖像使之產生情感和想像的高潮。

3、組構：超文本作者必須將文字結構組織以圖像方式處理，讓文字組織產生圖像的特質。文字排列的形式，以成為一個圖像為目的，除了背負作品的意義外，也成為讓讀者看到圖像而能走入作品內涵的橋樑。適當的將文字及圖像組構在一起，會造成和諧而流暢的畫面；一個散亂或突兀的文字或圖像均將使讀者產生或大或小的困惑。

4、傳達：超文本作者的職責就在選擇文字與圖像，將之剪接在一起，而能把創作目的及作品主題傳達得恰如其份。每句文字代表了作者的一個意念，相同的，每個圖像也同樣代表了作者的一個意念。所以作者創作時要不斷的思索及分析文字、圖像等要素，預估組合後清晰傳達的可行性，就視覺形象做群化、簡化的處理，減輕文字傳播的困難，使不關心的讀者感到興趣，在不知不覺中讀進內文，且在圖像的視覺掃描中，塑造閱讀情境。

5、魔力：超文本作者要使超文本動態作品散發著一股迷人的藝術力量。文本作家運用文字來呈現他們的內在世界，透過抽象性的文字來描述人生。超文本作者不只運用文字，還將文字圖像化、動態化、多媒體化、超文本化，使作品蘊藏著無限豐富的魔力，讓讀者從中獲取美感的滿足，以及閱讀上的互動與自主。

6、構想：超文本作者不一定先寫出作品文本，但編寫一個演出腳本是必要的，以便設計整個作品的進行過程，另外再描繪畫面上或場景裡的文字、圖像等等的位置。作者對圖層的配置、場景的順序、鏈結的節點、時間的控制，也要詳細掌握。事前的構想並不會阻礙創作時的爆發性，構想是為了增加創作時的掌控能力，唯有事先構想每一文字圖像的內容如何清晰的視覺化，才能對其所要創作的作品有一個鮮明的概念，未製作出來之前，已經能在腦中放映其所欲完成的作品。在製作時對作品的節奏也要有個清晰的概念，並要了解每一個文字和圖像將來在整個作品播放時的視覺上佔有多大的份量。

7、還原：超文本作者要知道讀者讀超文本作品時，面對的是文字圖像，識字者，很容易獲得文字的意義，至於讀圖，則是一種文學還原過程，眼睛先攝取圖像，經由大腦辨識圖像，再將圖像轉換為語言文字，才得以傳達或敘述圖像的意義。如果文學媒介是定義在語言文字，那麼圖像應是比語言文字更早一步的文學原生質素。讓讀者讀圖，是由讀者自己生產語言文字的思考，但是讀者不見得要將其思考所得寫出來，因為寫作是作家的事。

四、優良基因的新生兒

以上所陳述的，只是我個人走向超文本過程中的片斷札記。有人說：超文本創作方式是目前創作的新瓶子，初期實驗及嘗試中，難免會迫不及待的將已發表的文本作品改編成超文本作品，而成為所謂「新瓶裝舊酒」的現象，不過，就創作的意義而言，「改編」已是一種再創作，瓶子裡裝的不是只有文本，甚至可以說：原來的文本只不過是超文本作品的素材之一，並非超文本的全部。超文本除了文字圖像化外，其他諸如互動書寫、超鏈結設計、搬移重組、多重路徑選擇等重要觀念或功能，是我得再多加去深思及學習的地方。一年來，我幾乎天天找時間埋首在電腦裡工作，學習操作Flash套裝軟體，使之成為我今後非紙筆的創作工具，雖然這是全新的挑戰，卻也是令我興奮莫名的經驗，我會樂此不疲的話，我想，超文本作品是具有優良基因的新生兒，它的開創性和實驗性滿足了我的創作慾。我們無法否認詩創作經由超文本的洗禮後已產生質變，而網路的存在，讓文本的現代詩壇更無法阻止超文本時代繼續向前的推進，最終的結果，我們會看到這個新生兒的茁壯、長大。

從真紙到電紙的詩旅
——我的超文本詩創作

現實與虛擬皆無永恆存在，除非能夠不斷衍生。……

非單線閱讀，互動式書寫

「超文本」三字，已不是新鮮名詞，這種「東西」，它現在幾乎是普及到每個人的手中，最明顯的例子是在於電腦，只要有使用網路的，就用得到它，依靠它，它非常重要。

打開電腦上網，這是誰都會的動作，一個入口網站就是一個大型的「超文本作品」，當你手執滑鼠，將游標移動於螢幕上，遇到一個可以按下去的「節點」，而你用指頭按下滑鼠的左鍵時，你就是在操作「超文本」了。

這個「節點」可以連結到另一個網頁畫面，如果有許多「節點」，你更可以隨心所欲的連結到你想要網頁去，而且不同的「節點」就會連結到不同的地方。如果每個網頁都設有「節點」，便可一層一層的不斷往不同的地方連結出去，那些地方是另一個網頁，或是一個資料庫。

我們可以設想，一首詩如果是這樣子，在詩行中將某幾個「語詞」設計成「節點」，從節點可以連結到隱藏的另一網頁，讀到底層的詩句或相關內容，當「節點」的設計愈多，閱讀的選擇性則也愈多，由於不同的節點選擇，進入詩作底層的路徑也就不同，閱讀詩作時所產生的意涵便有所不同。

你想，這樣的詩作，和純文本的詩作，最大的差別是什麼？一是單線性的閱讀，一是非單線性的閱讀，超文本的詩作即屬於後者，這在一般平面媒體是很難獲得的經驗，如紙張印刷的報紙、雜誌、書籍等等。

「超文本」除了以上這個特點外，它也可以讓讀者和作者互動書寫，產生合作後的詩文本，像網路上的留言版就是簡單的互動書寫，聊天室或論壇上的文章回覆則是較複雜的互動書寫，你看，這種層層環扣的互動書寫不見得是兩人的來往而已，它也容許多人參與。如果一首超文本的詩也是這種設計，讀者透過互動書寫的機制加入自己的詩句，和原作者的詩交錯疊合，你想，這是一種什麼樣的現象？詩，變活了，變無限可能了，它會因讀者的加入，而不斷誕生新的面貌及延伸新的意涵。

也許，要讀者參與互動書寫是一種比較高的文學活動層次，對一般的讀者而言較為困難，因為讀者要透過文字表達，本身運用文字的能力要強，有一定的水準，如果互動是即時性的，打字就要熟練要快，否則要完成互動書寫的成效並不佳。

動態現象與圖像音效之必要

較有趣而多變化的「超文本」是由讀者直接在作品上「制動操作」，去獲取種種作品中可呈現的東西，這其中不只運用節點鏈結，還運用「出現／消失」、「前進／後退」、「拼合／拆解」、「移動／回復」、「顛倒／正常」……等等數不盡的遊戲設計，讓讀者只需用滑鼠和鍵盤，透過這些設計，在手指間的操作下來完成一首作品的閱讀行為，從過程中體驗作品中的意涵，甚至是樂趣和感動。

因此，「超文本」作品的動態現象是不可避免的，圖像音效的加入也是不可避免的。動態的作品，在動的前後過程中有了時間感，動的位置變化則有了空間感，閱讀超文本，等於進入了一個虛擬實境，再加上圖像成為詩的符碼，緊密與詩文本結合，若再以背景音樂襯托，音效點綴，整部作品則是不折不扣的「超媒體」。

如此發展之下，要創作一部嶄新而精緻的超文本作品，已不是那麼容易的事。作者能否獨自完成一部作品？基本的工具已不是平媒作家用的一枝筆和一張紙即可做到，而是電腦裡的那些複雜的軟體，你要學會軟體的語言，學會使用，而它愈精緻的技巧愈深奧，除非你成為那套軟體的專家才得以應用自如。但「應用自如」是指工具的使用，並不是這樣就可做出「超文本」的文學作品，沒有文學底子是不行的，沒有藝術修養也是不行的，只有充滿文學性和藝術性的作品，才可以感動人。一個文學作者如何有三頭六臂？面對種種軟體工具，要會圖像繪製，要會音樂剪輯，要會網頁編寫，要會素材整合，我曾比喻過，「超文本」文學的作者像電影導演，雖有製作團隊，但本身對劇本、拍攝、選角、音樂、場務、剪接、配音後製等等、也都要親身參與了解，同樣的，製作一部超文本文學作品，當也如此。

因為這麼多的考量，超文本文學作者完成作品卻沒像電影的商業收益，如何叫有志於超文本的文學創者能存活下去？超文本文學作品，哪個出版社要做成電子品出版？哪個政府部門或文學單位在辦這文類的競賽或獎勵？沒有，因為沒有，所以看不到精緻的作品，甚至在大學教育設網路文學相關課程的教育之後仍讓人有後繼乏人之歎。這不是隱憂，已是檯面上的現象。

我的超文本詩創作歷程

我是從文本走過超文本的實際創作體驗者，跟大家一樣，文本是我最方便最運用自如的考量，但我私底下仍鍾愛超文本，雖然我無能力發展它，我也會給予長期的關注，每當看到歐美的網站上出現令人眼睛一亮而嘖嘖稱奇的超文本作品，總是會擊掌叫好。

我自一九九九年開始有超文本的詩作，至二〇〇三年累積約近百則作品，但很汗顏的說，約一半作品並不滿意，應視為練習性質的作品，由於軟體建構的程式直接可以套用，除了詩作內容及形成構思完全是自己的外，程式語言並非自創，但我覺得這是詩與數位科技的一種結合，就好像你用數位工具產生作品，有些特效，例如「移動」、「淡入淡出」、「蒙太奇」等等技巧，可能會雷同，但並不代表作品意涵的抄襲。

我的作品，並不複雜或冗長，這是受詩作本身精短的考量，不像超文本小說可以有較龐大的建構，但製作一首小小的超文本詩同樣要花去不少的時間，反覆構思及測試修正的情況，幾可用「廢寢忘食」四字來形容，而連續數日是常有的事，那是辛苦的，但也是樂趣的。記得第一則超文本作品〈心在變〉，簡簡單單用微軟的網頁編輯軟體寫成，套用跑馬燈的效果而已，投稿到《歧路花園》網路文學網站，又經站長李順興教授翻譯，推薦到美國知名的超文本文學網站發表。台灣唯一為美國學者接受的超文本作品，這個鼓勵非常大。又經李教授告知Flash套裝軟體的好用，後來我便全力以這個軟體來製作超文本詩作，並有了《Flash超文學網站》。

我把用Flash套裝軟體所製作出的詩作，分門別類，大致有以下數種：1、文字圖像化和象徵化，2、文本的拼合、拆解和重組，3、不同路徑和多重選擇，4、搜索探尋和不同結果，5、各種形式的制動操作功能，6、文本填入和互動書寫。然而作品所包含的技巧，往往難以歸類，因為可能同時具有兩種以上的特色。像我喜愛的作品〈戰爭〉，就含有文字象徵化、文本拆解、不同結果、制動操作等技巧，需要同時從這些技巧上去感受作品呈現的意涵。

以〈戰爭〉、〈鐘擺〉與〈時代〉為例

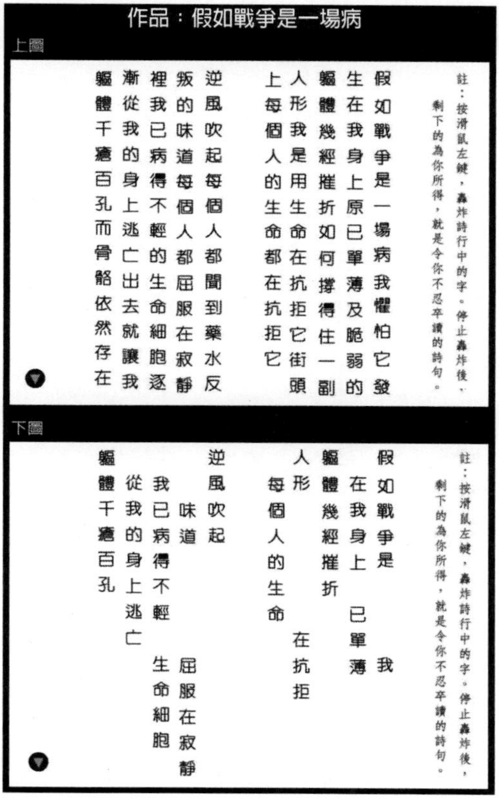
作品：假如戰爭是一場病
上圖
註：按滑鼠左鍵，轟炸詩行中的字。停止轟炸後，剩下的為你所得，就是令你不忍卒讀的詩句。
假如戰爭是一場病我懼怕它發
生在我身上原已單薄及脆弱的
軀體幾經摧折如何撐得住一副
人形我是用生命在抗拒它街頭
上每個人的生命都在抗拒它
逆風吹起每個人都聞到藥水反
叛的味道每個人都屈服在寂靜
裡我已病得不輕的生命細胞逐
漸從我的身上逃亡出去就讓我
軀體千瘡百孔而骨骼依然存在
下圖
註：按滑鼠左鍵，轟炸詩行中的字。停止轟炸後，剩下的為你所得，就是令你不忍卒讀的詩句。
假如戰爭是 我
在我身上 已單薄
軀體幾經摧折
人形 在抗拒
每個人的生命
逆風吹起
味道 屈服在寂靜
我已病得不輕 生命細胞
從我的身上逃亡
軀體千瘡百孔

閱讀〈戰爭〉作品，首先就是射擊操作，在作品初畫面下方的圓灰點，按下即射擊上方一排黑色方塊，全射擊完後，出現主旨「假如戰爭是一場病我懼怕它發生在」一行黑字，按右端按鈕進入作品，右邊有兩行制動操作的說明，主畫面上有兩大段黑體文字，即為詩作，然後你開始操作滑鼠，移動滑鼠於文字上，按左鍵轟炸掉文字，一次一字，就好像轟炸機臨空，炸燬陸地上的建物或車輛或逃亡的人群，直到你停止操作，剩餘未被炸掉的文字，你連著讀讀看，即為你戰後的詩句。這種制動操作，可採兩種方式進行，一是隨意轟炸文字，一是選定文字轟炸，兩種結果是截然不同的，我原來提供的文本被讀者破壞至面目全非，這就是我設計這則超文本作品的目的。（完整的文本見《Flash超文學網站》http://myweb.hinet.net/home2/poetry/flashpoem/index.html:）

在一次轟炸後，文本破碎。將之連結及整理後，所得的詩是：

戰爭是一場病
發生在我身上
單薄及脆弱
幾經摧折

撐得住一副人形
用生命抗拒
街頭上每個人
都在抗拒它
逆風吹起
藥水反叛的味道
屈服在寂靜裡
病得不輕的生命
從我的身上逃亡出去
我軀體千瘡百孔
骨骼依然存在

另外我喜歡〈鐘擺〉這篇作品，它是文字圖像化與制動操作結合的超文本詩作，以「請勿讓生命停止擺動時間是向左或向右回頭或向前終無悔」這些文字組成一個鐘擺的圖像，當你進入作品畫時，滑鼠即瞬間控制了鐘擺，滑鼠移動向左，鐘擺即向左擺，滑鼠移動向右，鐘擺即向右擺，在左右移動來回操作中，第一個感受是鐘擺的制式動作，象徵現代人生活的規律化和單調性，第二個感受是時間的存在和運行，尤其當察覺鐘擺的擺動是操控在自己的掌中，又面對「請勿讓生命停止擺動」這些文字時，你會警惕，勿任意將擺動停止，否則時間也停止，象徵生命將流失。有時，我玩這個作品，不是只為了看鐘擺的擺動而已，其實是為了設想時間被操控在我手中的感覺，不過，有時是為了生命中的無奈和無聊，來消耗生命，對時間和生命的一種感歎而已。

〈時代〉也是一篇簡簡單單的超文本作品，它只有文字、圖像、節點而已，閱讀方式較屬於單向鏈結，不過，我喜歡作品畫面的空間落寞感。偌大的廣場，只有一個人在中央踱步，令人興起「世界之大，竟然只有一人在思考，其他人都哪裡去了？」這種感歎，或有「眾人皆醉，我獨醒」這種哲人的寂寞。畫面

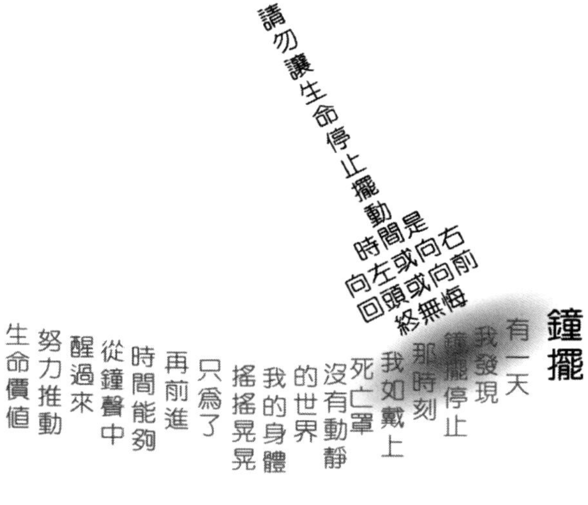

請勿讓生命停止擺動
時間是
向左或向右
回頭或向前
終無悔
鐘擺
有一天
我發現
鐘擺停止
那時刻
我如戴上
死亡罩
沒有動靜
的世界
我的身體
搖搖晃晃
只爲了
再前進
時間能夠
從鐘聲中
醒過來
努力推動
生命價値

米羅．卡索作品

是一畫有方格的大廣場，一個人和本身的影子外，還有一個游離不定的影子，而那影子正是作品的節點，唯有滑鼠游標點入，廣場方格裡出現文字，才能進行閱讀，一次一格，影子出現位置讓讀者捉摸，產生趣味，卻又代表不安感。直至最後，歷經一番來回遊走廣場的思考也結束於文本的完全出現，以及連續四次相同的結尾「我哀傷的走了」，走離這個廣場，也走離這個時代。我喜歡這樣的空間，把廣場上那個人當作自己。

「如果地球毀滅，隨身硬碟空間只給你三首超文本詩的空間，你會帶走哪三首？」至少我會帶走上述三首，理由無非是這三首詩最契合自己的調性，〈戰爭〉之碎滅，〈鐘擺〉之時間，〈時代〉之空間，都呈現著感歎的調性，而這正是我每日能持續創作的理由。我

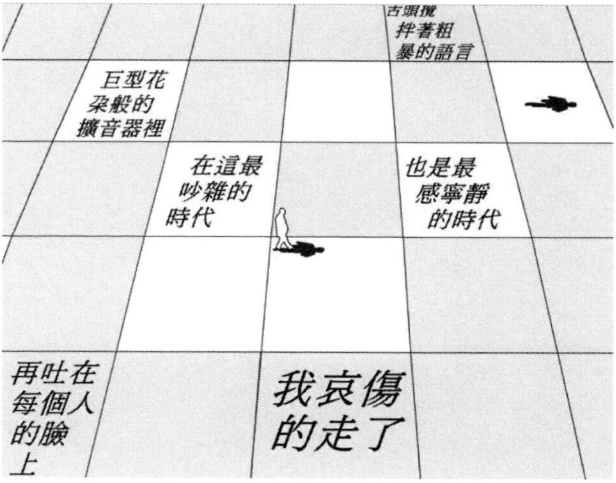

的超文本作品檔案都很小，一個小小的隨身碟就可帶走我全部的超文本作品，不過，地球毀滅，任何文本或超文本亦將隨之消失，現實世界沒有永恆的存在，虛擬世界亦是如此，除非能夠不斷的衍生。

卷五

少年的大肚山詩友們

苦兄

我有一位從年少時代認識至今的詩人，他現在單身隱居在大肚山上，雖說是隱居，但仍讓我及幾位朋友知道了他的住處，所以三不五時，幾個朋友難免會去探訪他。為了保有他的隱私，這裡不便透露他的住址、姓名及他的過去種種，不過，他告訴我說，若要在文章中寫他，就以「苦兄」稱呼他，我說：「別人會誤以為你是苦苓，但是曾經網路過來人的，則知你叫苦土水。」他說：「明明是虛擬的，偏偏當作真實，何妨？」

四月二日晚上，我從沙鹿開車上大肚山，經台中都會公園，到一個舊軍營附近，去找他，他的屋子有圍籬，前後有庭院，外二十公尺內無鄰居，苦兄的家可說是相當孤立。門口一盞昏黃的路燈，燈下蚊蚋飛舞，我進門時，苦兄習慣坐在窗下，靠著那張方形的大樟木桌，用無限滑鼠遙控著另一旁的十九吋的液晶螢幕，原來他正在上網。我看他開著的網頁正是《吹鼓吹詩論壇》。

他招手示意我坐下，桌上有茶自己倒，我說：「苦兄，〈情詩發表區〉版主雪狼，有了新點子，玩起情詩排行榜來，你看了沒？」

苦兄笑著說：「老人家，囝仔心，返老還童啊，也想玩排行榜的親親遊戲，我倒有點意見，玩排行榜若加入票選活動，然後有贈品，小朋友會更喜歡，大家也更熱烈。你告訴雪狼，入榜八週以上者，可以贈送你們的詩集，入榜二十週者，撰文寫評介刊於《台灣日報》副刊或《台灣詩學論壇學刊》，這樣的鼓勵對寫詩者是最為實際的。」

苦兄說得是，但這可要版主雪狼推演是否可行，《吹鼓吹詩論壇》有一發文功能是票選的設計，不妨請版主雪狼試試採行在「版主選詩」及「網友回應」的基礎上，再加上「票選」，以三個面向作為上榜的依據。

苦兄指著螢幕上的論壇說：「少年兄你看，情詩排行榜發佈消息不到三天，就有十多篇詩作投稿，可見這樣的遊戲會受到重視。」

是啊，人人愛寫情詩，哪個詩人不是抒情高手？我突然興起，問：「苦兄，你寫情詩嗎？」

苦兄放聲大笑，說：「情詩，狹義是指愛情詩，須有所愛之人，有了訴情對象，才有情詩的產生；你看，我有對象嗎？今我孤家寡人，何來情詩？唉呀，別慫恿現在的我寫情詩了。」

我知苦兄過往的感情生活並不順遂，十多年前便已一片空白，如今更不可能改變他僧侶般的靜修生活，人的感情各有寄託或隱藏方式，不必全放在兩性上。苦兄看出我在思考他的感情問題，立即拿出他今天書寫的一幅字墨，叫我欣賞：

大肚山前大海西，嵌崎道路古來迷；緣堤一帶相思樹，日為行人送馬蹄。

苦兄說：「這七言詩正是前人對大肚山的寫照，西望是台灣海峽，海邊的鄉鎮如：梧棲、龍井、伸港、大肚溪口等都看得一清二楚，你住的沙鹿鎮亦在山麓之西，崎嶇的山路自古以來令人『迷』，『迷』字在此有兩義，一是『迷失』，找不到方向，一是『著迷』，曲徑通幽的感覺，而相思樹遍植山坡，東海大學原是相思樹密佈的校園，『相思』兩字意含情意，非常明顯，表面是植物之情，但到最後一句『日為行人送馬蹄』，則變為人之情。」

我說：「讓我好好思考，這是否有可能是情詩吧！」

苦兄拍了我一下肩膀，說：「別想像過度，詩人最大的缺點就是想像過度，這不見得是好事。正面看一首詩吧，別旁敲側擊，詩的真正面目不見得都那麼複雜。」

詩的真正面目是什麼？這是有趣的問題，今夜要是不眠，總可以談出個結果來。

可是苦兄轉移了話題，說：「住清泉岡的莊元，你知道吧，他跟著大甲鎮瀾宮媽祖進香遶境活動，從頭至尾參與，今夜已回鑾至大甲，他大概還在活動現場，等全部活動結束後，他才會回清泉岡。有機會，我們找他一起來敘舊。」

莊元，喔，這小伙子。

莊元

莊元，曾和他老婆開設了一個「小伙子文具行」，就在學校旁，但光賣文具簿本的生意實在不好，也因為是鄉下的學校，學生數稀少，加賣參考書、測驗卷，仍舊只夠三餐溫飽。後來改店名為「小伙子雜貨舖」，什麼都賣。這樣的店，就像他人的性格，對什麼喜歡的，他都能來一套。

他是大甲人，而老婆是他在清泉岡空軍機場服役時認識，退役後，老婆硬要他住在丈母娘買給他們倆的房子，這一來，身不由己，只好半入贅似的，成了清泉岡村落的入籍之戶。但莊元未入伍前是在清水鎮某家印刷廠工作，我編校刊時由他接洽印刷事宜，故而進一步得知他是藝文愛好者，凡文史類的活動都有興趣參加。其實，他現在的身份是印刷廠的股東之一，我們的詩刊即是由他的印刷廠負責印行。

或許是因為我，他才更積極於寫作，和我的詩人朋友們有了多次的交流。記得有一年，我的朋友將軍詩人移師到台中清泉岡某砲兵營部，夜宴中部詩人十數位，我介紹莊元給大家認識，莊元當場背誦起在場的詩人作品，一字不漏，博得滿堂喝采，雖其學歷不高，但吸收能力強，他拿出自己的詩作給大家過目，也受到大家的讚揚。他，就在當時和苦兄認識了。

苦兄曾勉勵他投稿，甚或參加文學獎比賽。當年的莊元，果然抱得一座文藝金像獎，從台北載譽回到清泉岡，軍中長官及弟兄們為他辦了狂歡會，醉飲了一個週末夜。

那些過往的事，莊元總是低調不再提及，他說：「創作人若為了名位，就失去了創作的素樸。」所以他不再參加比賽，甚至也少公開發表創作，若有創作，也只在幾位相知同好之間交流。他又說：「創作，唯有先真實的投入生活。」所以他在民間東奔西跑，當作他的身體力行的創作方式，是可以理解的。

昨天我打電話給莊元：「小元，隨大甲媽祖遶境進香，這趟感觸良多吧？」

莊元說：「我是大甲囝仔，出生至今是第一次全程徒步跟隨媽祖進香，我有好多感觸想說，也許會形諸於文字，將這此生第一次的經驗保留下來。」

我說：「你有選擇攝影做為此次經驗的呈現嗎？」

莊元說：「我不帶相機，因為用相機思考，會從參與的角色變成旁觀者的角色，所以這回我是不帶相機記錄的。」

我說：「那麼所有的記錄都在你的心中了。」

莊元說：「是的。」

我說：「就期待你早日將它寫成文字了。」

莊元說：「我剛在《吹鼓吹詩論壇》的社會詩版讀到一首詩，是達瑞寫的〈獨立時代〉，寫一個遭到遠離的人：

世界還維繫著恆動的機制／彼此的身距越遠越離，／後來你就全盤失去了／燈火的消息

這詩最後四行讓我覺得憂懼，在我參加大甲媽祖遶境進香的當中，是不會有這種感覺的，但回鑾活動結束，我深夜回到清泉岡，看著寂寥的星空一路伴行，我卻想到芸芸眾生，不禁有『世界還維繫著恆動的機制／彼此的身距越遠越離』的落寞感，尤其想到某些我崇尚的詩人朋友，不寫詩後，就如最後兩句『後來你就全盤失去了／燈火的消息』，好像我的生命失去了某些持有，愈來愈覺得遺憾。」

聽莊元電話中這麼說，我知道他話匣子打開了。

我說：「小元，哪天有空，苦土水兄那兒見，如何？」

莊元說：「隨時奉陪。」

胖狐

今天，我懷著一冊鮮綠色封面的詩集，和一位任教於大肚山某大學中文系老師一起到苦兄的隱居處去，時已黃昏，車潮把整條中港路變成黑水溝，我的車子倒像一條即將窒息的網中魚，車燈成為亮著的魚眼睛似的，往前找著一個能呼吸的缺口。

坐在我車子右座的中文系老師，他的論述及詩集有好幾本，當然是一位著名的學者詩人，身著唐衫是他的習慣，留有落腮鬍是他面貌的特徵，不過，他知道我會在《大肚山的詩人們》連載中寫他，即再三叮嚀我要保留八分，儘量低調些，我說：「對於你，不著一字，也能盡得風流啊！」

他的左手托一下眼鏡框，笑著說：「最近發福了不少，又有鬍子，就以胖鬍稱我，千萬不可把我真名寫在文章裡。哈哈。」別以為他是教授就開不起玩笑，課堂上嚴厲，而課外談天說地，他倒很幽默風趣，粉絲一堆。

我說：「叫胖鬍，不如改叫胖狐，網路詩壇多是動物園，在吹鼓吹詩論壇上，就看到不少詩人取含動物名稱的，例如：雪狼、天空魚、山貓、蚊子、鯨向海、瘋狐狸、葉蜉、紫鵑、鬬魚、葉子鳥、蒼狼、查無此魚、烏鴉等等，我想就以『胖狐』喚你，好歹你也是詩人動物一族。」

胖狐老師說：「隨你吧，但可不要哪天我體重再增加時，改叫我胖豬，就不跟你來了！」這番玩笑就到苦兄家門口戛然而止。車子停靠路邊，這裡不像中港路有車潮，因路在大肚山脊上，南通都會公園，北往大雅或轉清泉岡，平時車輛不多，黃昏過後更顯得人煙稀少。

苦兄開門迎我們入屋內，桌上一鍋熱騰騰的什錦麵，還有好幾道家常小菜，這都是苦兄自己下廚做出來的。苦兄說：「今晚，換吃麵，裡面有放了大肚山的紅地瓜，都是自己後院種植的，包括那些青菜。」胖狐說：「苦兄耕耘的作物，比起我們紙上書寫的文字還要可口囉！」

「咦，莊元會不會來？」我問。苦兄說：「小元剛來電，說要晚半小時到。我們先吃吧。」我們相識多年，在苦兄的家就像鑽自己的廚房一樣熟悉，不用客氣，自己拿了碗筷就盛麵來吃了。我們邊吃邊聊，最主要的是，想談談鯨向海最近出版的詩集《精神病院》。

我說：《精神病院》詩集的封面是出奇的亮麗的鮮綠色，這讓我想起十多年前《台灣詩學》剛籌組成立，詩學同仁選在台中開第一次社務會議，我和游喚在火車站接從台北下來的白靈等人，前往公益路的「耕讀園」開會，游喚開車，車走中正路，途經五權路時，白靈發現路口高高矗立著一座交通安全宣導的綠色雕像，題為「妻兒倚門望」，白靈看了那座雕像，不禁驚呼：「好綠！那種綠難得見到！」我也為那種綠癡情了好幾年，去年，我和黃明德到東海大學對面的理想國社區拍攝景物時，也見到了那種綠，那是整面牆壁的綠，幾乎讓我迷住。現在，阿鯨這冊詩集封面的綠，彷彿我這十多年來期待的新生命，出現在詩壇上了。

胖狐說：「綠色是有象徵意義的，一般人的概念上，綠色象徵和平、理想、希望、成長、安全，鯨向海的這本詩集顏色搭上書名《精神病院》四字，顯然已經暗示本書是在書寫人類的精神放置於綠色的象徵意義上，呈現的感受和狀態，詩中的我不只是作者個人，也可能包括任何人，都有自己精神上的病院。在這精神上的病院裡，作者像是以詩的書寫來治療自己的身心及靈魂，耙梳自己的人我之間的情愫、善用自己生活體驗的感官觸角探索心靈世界。

你們看詩集的第一首詩：

〈斷頭詩〉　鯨向海

關於愛你／我已經想得太多／但願我可以像無頭騎士／那樣愛你

關於幸福／我已經想得太多／隨便一隻無頭蒼蠅都可以／比我幸福

這首詩有兩個關鍵詞，第一個是『無頭騎士』，為了愛，可以失去頭顱，第二個是『無頭蒼蠅』，人不如無頭蒼蠅幸福，那是多麼悲哀。思維型的人往往是『我已經想得太多』，過度的思考，會使自己變成活在自己腦裡的人物，相對於一個無頭騎士或是一隻無頭蒼蠅，就是非常鮮活的對比象徵。順便提一下，電影『無頭騎士』改編自華盛頓厄文的經典故事《斷頭谷傳奇》小說，『無頭騎士』是一個冤魂，男主角伊卡布克萊恩以一顆善良的心和一個純潔女孩對他的愛情，破解了斷頭騎士的咒語，把這名冤魂送回地獄。但這個典故，似乎和本詩無關。」

我說：「鯨向海的詩，就是這麼的寫入每個人的心坎裡，他娓娓訴說，語言緩和，語意謙卑，意象環扣自然，就像是你親密的朋友，從最細微的生活事物寫到最深邃的心靈感觸，會讓人感動，更讓人頓悟，讀他的詩，是一種寧謐的享受，絕不會有窒礙的苦刑，他的詩能讓許多人『感同身受』，這就非常了不起，因為要寫到讓人能『感同身受』的程度，是不容易的，許多名詩人的詩雖好，但好是好在詩人的詩上，不是好在我們的心裡，讀起來總是有隔閡，而鯨向海的詩卻會讓人覺得他替我們找到了我們心中能領會的意象，以及藏匿生命底層不敢湧現的情感。

前面胖狐所賞析的〈斷頭詩〉，可謂是台灣詩壇難得一見的情詩代表作，中古世紀，騎士瀟灑，無頭更具悲情，神秘而浪漫，若無頭騎士有典故，更可擴大想像空間；寧願像無頭騎士那樣的愛，的確叫其受愛者動容，而說『隨便一隻無頭蒼蠅都可以比我幸福』，更會叫其受愛者憐憫、疼惜。這樣的情詩，足夠不朽於有情天地！」

我邊說邊翻閱著《精神病院》詩集，到第三十五頁〈鑰匙〉：

鎖孔中的鑰匙／自己又寂寞地／轉動了起來
那曾經把鑰匙插入我胸前的人哪／嗶嗶剝剝的灰燼／你可曾聽仔細？
出現過的一個世界／再不能開啟

我又說：「感覺上，鯨向海的詩是寂寞的產物，當我們靜下來獨處時，更能貼近他詩中的呈現的意象空間，〈鑰匙〉這首詩，也是寫兩人之情，情以鑰匙具形，鑰匙插入鎖孔，表示情愛發生，但如果給出鑰匙的人離去，鑰匙沒有拔出，那代表情仍在，總是在想到人時，『自己又寂寞地／轉動了起來』，那麼的愛戀著，可是，鎖孔（胸口）已鏽，發出『嗶嗶剝剝的灰燼』的聲音了，『把鑰匙插入我胸前的人』難道沒聽見？讀至此，不禁令人悲傷難名，懷想著因曾經有這把鑰匙之『情』而『出現過的一個世界／再不能開啟』，那是多麼的遺憾啊！」

苦兒說：「鯨向海這首〈鑰匙〉，借物寓情，第一段敘物，第二段轉至懷人，第三段啟意，短短八行，道盡寂寞和失望的感覺，真的能如你所的，能令人『感同身受』，對我來說，也就是所謂的『共鳴』，你們看，我個人隱居在這大肚山上，心不也是像一個生鏽的鎖，落著嗶嗶剝剝的灰燼？」

胖狐笑著說：「苦兒，何苦呢？」

苦兄說：「讀鯨向海這首〈鑰匙〉，突然想到詩人商禽的一首名詩〈電鎖〉，我們可以兩首同時欣賞。

商禽這首散文詩充分發揮了散文詩的敘事特色，和鯨向海的詩是截然不同的，主要的是商禽的詩作隱喻性非常強，必須透過一層一層的演繹，才能捉摸到詩的意涵，《吹鼓吹詩論壇》的散文詩版中，版主曹尼曾轉載了阿鈍賞析〈電鎖〉的文章，阿鈍指出：〈電鎖〉一詩在開頭、中間與結尾，『黑暗』與『我』都構成一組鮮明的對比。這個會準時停電的居住地或者隱喻了教人不敢多言政治環境、或者隱喻了不忍直指的家庭生活或生命本身，乃至於隱喻了某個創作的心境與過程——外界的燈火熄去，正是啟動心鎖、開始創作的時刻，別忘了『鎖』字同時指向封閉與開放，『電』字也是在一開一闔中讓人視見存在的質地。商禽反復要求觀眾注意對比的同時，或許正是他力圖演出一個不屈從現實的自我。

鯨向海的〈鑰匙〉則是較個人化的情欲書寫，但卻較能擄獲讀者的心，真的讓讀者聽到了鯨向海心中『嗶嗶剝剝的灰燼』的聲音。」

正當我們談得起勁時，小伙子莊元匆匆忙忙開門進來了，他手中揮著的正是鯨向海的《精神病院》詩集，喊著：「我剛從誠品買來的。」

苦兄說：「先吃碗麵吧。」莊元坐下來和我們圍成一桌，大口大口吃著。

胖狐說：「小元你去參加大甲媽祖進香遶境，看你的氣色，整個人比以前更有精神，料必是媽祖的福蔭吧？」

莊元說：「沒錯，沒錯，走這一趟是我這去年發下的心願，明年我還是會加，你們要是願意的話，就跟我一起去。怎麼樣？」

胖狐是大忙人，時間上都用於教學、演講、寫書等等，哪有空去參加那麼多天的進香活動，我和苦兄都無職業，還可以撐著身子，試試把毅力和體力磨練出來。莊元說：「這是一種會叫人感動流淚的體驗，每個人一生至少要參加一次進香活動，當你愈身歷宗教活動的境界中，你會愈覺得人與神的關係是那麼密切與莊嚴，彷彿你的靈魂與神祇交會，將來你就會進入神的世界，而不是地獄的世界。」

莊元又說：「我讀鯨向海的詩作，也會出現這種『靈魂』與『神祇』交會的精神狀態，久久不能回到現實世界來，所以我說，讀鯨向海的詩，就像一趟精神上的進香活動，我是以膜拜的姿態，在他的詩裡祈求心靈的慰藉，這是真的，不要笑我這麼說。」

胖狐說：「神與鬼，是鯨向海詩作中隱然存在的轉替對象，像『無頭騎士』在典故裡就是鬼魂，人可以像神像鬼那樣行使法力，人也可以把神鬼當作是交換之物。此說見詩集一三一頁的詩作〈交換之物〉：

> 交換上帝同時／也不得不交換魔鬼

小元你的人的靈魂與神祇交會之說，有可能是如此，只不過鯨向海有較多的與鬼交會的書寫。」

莊元說：「我第一次注意到鯨向海的詩作，是今年二月少年兄把《台灣詩學・吹鼓吹詩論壇二號・領土浮出／同志詩》送來印刷廠時，我看著印刷廠的技術人員一頁一頁從機器匣子裡送出的藍本，發現鯨向海除了一篇非常重要的同志詩論文外，還有一首同志詩〈父親的幽靈〉，我先睹為快，就被這首詩迷住了。

此詩也收入《精神病院》詩集裡，為壓軸之詩，我要說的感覺是，讀這首詩就像我在讀馬奎斯的《百年孤寂》這本小說，深為其家族六代的生命之延續百年興衰起落的情境而驚惶，小說中吉普賽人的鬼魂不散，一再出入於現實空間之中，產生了虛實並置，甚或錯亂的情節，有人說這是『魔幻寫實』的寫作技巧，今讀〈父親的幽靈〉一詩，亦有相似的感覺，個人若說〈父親的幽靈〉是台灣現代詩中的『百年孤寂』，應不為過吧？」

胖狐說：「我知道你的意思，〈父親的幽靈〉是一首男同志詩，寫的是同志的『戀父意情結』抗拒症，原本世代相傳的命脈，卻終結於最後的同志兒子：

假若我的兒子／永遠不會誕生了／我也將永遠不會變成／我父／屬意我的那種幽靈

在《百年孤寂》的小說裡，描述了『戀母意情結』，不倫的戀情，致使生下一個有著豬尾巴的孩子做為報應，也許這不該是讀〈父親的幽靈〉的聯想，但人類對於傳宗接代的憂慮是免不了的。」

莊元說：「胖狐老師說到我的痛處了，我和我老婆結婚多年，卻膝下無子，而我父親在我年幼時即已過世，母親不知去處，沒有兄弟姊妹，撫養我長大的卻是嬸婆，但今天我會對〈父親的幽靈〉頗有同感，是真的在夢中出現了我父親，經常與父親對話至天亮，夢中的情境竟然和〈父親的幽靈〉差不多，我懷疑我是不是患了『戀父意情結』的恐慌症。」

我說：「那倒未必，讀詩不必把詩中的情境類同於本人的經驗，從來沒有經驗者，相信亦能受到〈父親的幽靈〉一詩中那種渾厚而深沉的氛圍感染，我讀了此詩後，相當認同你說的：〈父親的幽靈〉是台灣現代詩中的『百年孤寂』，這樣的說法。」

苦兄說：「日前，我讀到須文蔚也談論了這首詩，須文蔚在他的部落格說：『全書最恢弘的企圖心彰顯在壓軸的〈父親的幽靈〉一詩中，鯨向海以精神分析般的洞悉力，以超過百行的篇幅，探討父子間既緊密又陌生，既親愛又對抗，既正面又負向等錯縱複雜的情結，宛若兩個幽靈的對話，真切傳達出人們心理底層潛藏的憂慮，讀來令人震動。』，倒不失為一般較客觀的評析，我認為這是今年度詩壇的最重要的一首大作了。」

我們還談了許多，直至十點半才離去。

苦士水

最近接到好幾通電話，都是學校的文學獎承辦人員打來的：「邀請您擔任本校文學獎評審委員。」而我竟一一婉拒了。問我理由，我都說家裡有事忙，不便參與評審。昨日，胖狐老師也給我一通邀約電話：「來吧，來擔任本校的文學獎評審吧！」我說：「不行啊，近一兩個月來，我已婉拒了六個文學獎的評審工作了，如果我答應了你，那對曾推薦我擔任他校評審的顏艾琳、渡也、沈志方等詩人和老師們，我就無法交代了。」

胖狐說：「我只好改找苦兄來擔任評審了。」我說：「苦兄是隱士，怕他死也不肯重出江湖。」胖狐說：「我會遊說他，幫我今年一次的忙，他不用本名評審，至少陳義芝、路寒袖、蔡素芬等副刊媒體人或詩壇人士還不會發現到八十年代紅極一時的苦兄的縱跡。」我搖搖頭說：「不可能答應你的。」（胖狐又不在面前，我搖頭給誰看？笨蛋！）

說到苦兄，我不得不再找出我曾經於《吹鼓吹詩論壇》「詩觀詩話版」裡，介紹了他及他所寫的〈【詩的定義】十五則〉，現在我翻找出來，那是苦兄幾年前偷偷以「苦士水」為筆名，且用台語在網路寫的簡述：

「苦土水是一位苦命農工，佇田裡抑工地讀『詩』寫『詩』。佇田裡，我工作，我生活；佇工地，我工作，我生活。我讀兮『詩』是生活；我寫兮『詩』是生活。生活無佇冊內；詩無佇冊內。我無大道理，汝哪看有就好；詩甭學理，按生活中學起就好；我兮一點點經驗，予汝參考。生活中兮苦痛是現實下兮苦痛，現實兮問題由現實來解決，若袂當解決，（親像：垃圾、土石流、疾病……等等）靠詩書是欲按怎消弭？只有無生活上兮問題，者有可能享受詩書。」

這就是苦兄的詩觀，基本上，就如楊喚的詩觀：詩是植根於現實生活的土壤。

另外苦兄還寫了那有名的十五則【詩的定義】，現抄錄於下：

（1）詩就是「一人傳虛，百人傳實」（含意：以訛傳訛。）
（2）詩就是「死鴨也硬嘴皮」（含意：固執不服輸）
（3）詩就是「剖心肝予人食嫌臭臊」（含意：付出真心代價，卻被嫌棄）
（4）詩就是「一隻古井水蛙」（含意：不知天地有多大）
（5）詩就是「乞食有食無食弄枴仔花」（含意：不管怎樣皆有其樂）
（6）詩就是「管伊天地幾斤重」（含意：不管天高地厚）
（7）詩就是「一人行一路」（含意：各行其是，互不相干）

（8）詩就是「人講天你講地」（含意：離譜）

（9）詩就是「山貓想海魚」（含意：難以實現的夢想）

（10）詩就是「五百人同君，五百人同賊」（含意：詩是彼此各有支持者）

（11）詩就是「未掩得人的嘴」（含意：無法杜悠悠之口）

（12）詩就是「叫豬叫狗，不如自己走」（含意：叫人指導，不如自己學）

（13）詩就是「春天後母面」（含意：善變）

（14）詩就是「孤行獨市」（含意：有特色時無競爭對手）

（15）詩就是「來者將就，去者不留」（含意：不勉強人欣賞）

這十五則幾乎已道盡詩的定義了，其中蘊涵的意義表面上雖淺，但實質上非常深邃，未見詩壇其他論家有類此說法，故顯得相當特別。

近幾年來，隱居的苦兄一定有更多或更為不一樣的詩觀，有空我會再上大肚山去聆聽他說教，我好記錄下來。

胖狐說：「太特別的詩觀定義了，讓我想到：苦兄也可以來為我的學生上一堂課。」

醫師寧寧和主廚里傑

自從去年我為了編輯《台灣詩學・吹鼓吹詩論壇》紙本創刊號，一再反覆嚐試不甚熟悉的電腦排版軟體及繪圖軟體的編輯作業，竟得了肩頸筋脈的痠痛症，尤其右肩，痛得直通腦後頂，有時耳朵裡也疼痛，至今仍不時發作，這之間，雖曾在沙鹿的幾家醫院藥打針，或熱敷針灸，或到公園運動來舒緩疼痛，但因仍須以電腦鍵盤工作，因而效果不見改善，並且感覺體能也愈來愈差，心想，再不就診，我怕整個人的筋骨會僵硬掉。

今天，我只好改到大肚山麓的某家大型區域醫院掛號求診治，又是照X光，又是驗血，又是做復健，那些方式，和沙鹿的光田醫院都一樣，醫生的結論也都是：「停止打字，停止操作滑鼠，遠離電腦！多運動，游泳最好。」

我何嘗不知遠離電腦一定可以改善我的症狀，但是我能不用電腦嗎？不用電腦等於斷了昆蟲的觸角，廢了我的雙眼和雙耳，斷絕了所有的資訊來源和交流，我心裡暗自嘀咕著：「不可能……不可能……」我怎能離開虛擬的我？

診治完，也領了藥，已經過中午十二點半了，走在醫院內的某個迴廊處，我遇見了一位醫師，白色袍子左胸前掛著的醫師辨識證上，寫著「醫師ＸＸＸ」，好熟的名字，然後我與他互相打量了一下，傻眼了幾秒鐘後，我們不約而同的叫起對方的名字。他是誰？他是十多年前和我有數封信件來往的南部某大學醫學系的學生，當時他也是學校詩社的社長，負責辦理該校的文學獎大賽，我應邀評審，和他在學校的評審會場上見了一次面，因而對他有些印象，我還記得他和另三位同學出版了一本詩作合集，被視為南方詩壇的四劍客，在南台灣名噪一時。可惜，他畢業後，就未見到他的詩作發表，似乎是銷聲匿跡了。

真沒想到他會來到大肚山行醫。我稱他為「寧寧醫師」，寧寧是他的暱稱。

他說：「記得當年我曾說要請你吃頓飯答謝你的指導，可是卻沒機會，現在讓我還願吧，走，我帶你到西屯福科路愛買商圈，那兒有一家友人開的歐法式餐廳，去吃個午飯。」

進到了餐廳，裡面用餐的空間真是窗明几淨，我們找了一個餐位坐下，鄰桌無人，我們談話時應不會受到干擾。文雅帥氣、綁著馬尾長髮的老闆，也是主廚里傑說：「中午客人很少，不會影響到你們的用餐氣氛。」

寧寧醫師說：「這裡的脆皮德國豬腳超級好吃，羊排併生蠔特別鮮美。」主廚里傑說：「今天推薦香料火烤春雞，使用五個月的babychicken，用百里香、大小茴香、鼠尾草等多種香料醃滷過，塗上自製的香料醬，再用高溫火爐，進行爐烤，烤到上色皮香肉嫩，再搭配熬了十三個小時的原汁醬，絕對令人有多層次的享受。」

我點了香料火烤春雞，寧寧醫師點了羊排併生蠔，附屬上桌的有：濃湯、鵝肝醬、時蔬沙拉、麵包香酥、咖啡等。這一餐，吃得好高級。

寧寧醫師說：「記得我第一次讀到你的詩，是《台灣新聞報西子灣副刊》上你得獎的詩作〈呼喚自己——小丑之死〉十多首組詩，這組詩得到第一屆西子灣新詩獎，我印象很深刻，你在詩中把自己當小丑自述，道盡小丑的心身折磨及堅持娛樂大眾的心聲，讀後引發了我對『小丑』這種人物無限的悲憫，至今我會收集小丑的圖片、玩具、模型等等當做嗜好，完是受到你這這組詩的影響。

組詩中有一首〈小丑的眼睛〉，我覺得我也是一位有著小丑眼睛的人，用那樣的眼睛看著世界：

你是從遙遠的子宮裡來的人／你有一隻嬰兒般的眼睛／你假裝到處閒逛／其實要看他們那裡的世界
不要給你看／醜陋／不要給你看／邪惡／不要給你看／髒亂
有人說／給你看／空／白／你的眼睛就會／笑一笑／真的／你含著淚笑了一笑

我看著的世界不需要那些虛偽的事物，我養成了追求真實的習慣，或者說是一種對人對世界的態度。收集小丑當寵物，是因為我也想把自己幻化為小丑。」

我不敢置信寧寧醫師的收藏品是「小丑」。我說：「哪天可讓我去參觀你的收藏？」寧寧醫師說他就住在醫院附近，約好時間就可來。

不久，餐廳裡播放了一首曲調幽怨的歌，引起我的注意，我說：「這裡是歐法式餐廳，怎麼播放韓語歌呢？」

寧寧醫師說：「這是韓國電影『王的小丑』，又譯『王的男人』主題曲，里傑最清楚，我要他把歌詞拿過來。」寧寧醫師向著老闆里傑招招手，里傑的微笑像青色的鳥張開了翅膀，朝著我們緩緩飛著。

老闆里傑在餐桌的第三邊坐下來，他說：

「南韓電影《王的男人》，以北韓時代的宮廷生活為背景，刻畫了宮廷君王與小丑們的一場玩弄與被玩弄的醜劇。戲劇內容簡單的說，是兩個街頭賣藝的雜耍藝人，因為表演了諷刺燕山君在皇宮裡淫亂的行為而被捉去準備處死，但兩人的表演能卻能讓不曾歡笑的王開懷歡笑，故而被留在宮中讓王取樂，其中一人更是因為美貌而受到王的寵愛。」

寧寧醫師說：「《王的男人》這四字，具有『佔有』的意味，君王可以佔有妾奴，也可以佔有男寵，兩個假面舞劇男藝人有一個被君王看上時，就註定不祥及不幸的開始。」

老闆里傑說：「這兩個假面舞劇男藝人，較壯碩的師兄叫長生，較陰柔的師弟叫孔吉，被燕山王愛上的是孔吉。孔吉用獻出身體的代價成為了喜樂堂的主人，得到燕山御賜的『肆身橫寬』的殊榮，他受王寵愛後，沉迷於權力與金錢，失去了自己本質。一直在身邊關愛孔吉的師兄長生，認為孔吉已經被權力蒙蔽了眼睛忘記了自己的身份，決心要離開他，後來因燕山王的愛妾張綠水策動陰謀陷害孔吉，師兄長生自動代孔吉而死，孔吉則用割腕的方式追隨最愛自己的師兄而去。結局淒美，令人泫然。《王的男人》是由舞臺劇《爾》改編而成的，該舞臺劇曾經在南韓獲得很多的榮譽。」

我聽老闆里傑講的這部電影故事，覺得蠻曲折生動，的確叫人著迷，很想目睹電影全貌。里傑拿出ＮＢ，連接桌下的網路線插座，說：「雅虎網路上有這部電影的預告片，我們就連上網來看。」果然，網站上有許多電影的劇照影片片段及歌曲。

寧寧醫生說：「我喜歡看小丑的表演，在《王的男人》這部影片裡，兩位假面舞劇主角藝人有三次表演，第一次的表演是兩人為謀求發展，用諷刺燕山君的舞劇方式以博得老百姓的歡迎，但也因為兩人戲耍燕山王的昏庸無道而遭逮捕。這一次的表演，我覺得是最能貼合民意，表達民氣的良心演出，無疑是令人尊敬的。少年師，你的小丑系組詩中，〈小丑，演給他們看〉也有這層意思吧？

坐滿觀眾的座階似一小丘／你發現小丘的頂端／有一墳塋／葬的是誰呀

你又發現小丘的右邊／有兩三座墳塋／葬的是誰呀
你再發現小丘的左邊／也有兩三座墳塋／葬的是誰呀
忽然你感覺整座小山丘上／排滿了層層疊疊的墳塋／葬的是誰呀／是一群模糊不清的觀眾
那麼，你就盡力表演吧／把他們的生活／他們的歷史／活生生的演給他們看

這首詩裡，看小丑表演的觀眾竟然不是活人，而是在墳墓裡的死人，詩的情境有點陰森而哀怨，彷彿是在祭壇上表演，生人勿近，只有鬼魂觀賞，而對於鬼魂仍然要盡力表演，要演得活生生的，不可馬虎，讓死人看自己活過的生活和歷史。」

聽著寧寧醫生說劇中內容也說我的詩，我懷疑起他怎可能對我的詩記憶這麼詳細，或許他有過目不忘的超記憶力。寧寧醫生又說：

「兩位假面舞劇藝人第二次演出是因被抓，但為了活命，只能卑躬屈膝似的去迎合燕山君王的歡心，博得王的開懷一笑而表演，故施展了小丑的搞笑絕技，這樣的表演雖令老百姓不屑，但兩人在生存關頭的無奈，卻也不得不同情他們。少年師有一首詩〈小丑的頭腦〉，以反諷的口吻訓斥小丑：

你被排斥是應該的／誰叫你不會戴上一副嘻笑的面具／那麼多的門／你也不會開一扇進

去／那麼虛偽的話／你也不會照樣說一說
你被凌辱是應該的／誰叫你不會穿上他們的制服／那麼多的酒／你也不會倒一杯敬他們
／那麼整齊的行動／你也不會照樣跟著做
獐頭／鼠腦／你被消滅是應該的

你告訴小丑要戴嘻笑的面具，要照說虛偽的話，要穿他們的制服，要敬酒，要和他們一致行動，那樣做似乎喪失獨立精神，失去自我人格，但你的意思是告訴他們要放聰明，唯有那樣做才是保命之道。小丑，不能當愚蠢的小丑，是不是？讀少年師這首詩，再來看《王的男人》中的兩個藝人，就能了解他們在王的面前搞笑是有苦衷的，是聰明的。」

我問：「那麼第三次的表演呢？」

寧寧醫生說：「兩位假面舞劇藝人第三次的演出不是指單一場，而是指在宮中的場場表演，每場演出總是引來禍端，舞劇情節的隱喻或象徵，都讓臣子為其中的影射而緊張失魂，甚至讓燕山王產生聯想而動怒殺人，表演現場成了殺戮之地。從這裡可以證明表演藝術的無形力量非同小可，兩位假面舞劇藝人擅用表演，去感動燕山王，也去激化燕山王，戲耍了燕山王的情緒。」

我說：「隱喻、影射、聯想、象徵，都是人心底最脆弱卻也最堅強的武器。文學創作者或藝術創作者，懂得用自己的武器去攻陷了觀眾及讀者心中的城堡。我看，燕山王的城堡被徹底攻陷了。」

老闆里傑也補充說：「假面舞劇藝人戲耍燕山君的精彩表演，會使老百姓或任何觀眾被專制壓抑的情緒完全排遣開來。這是非常重要的藝術功能。」

寧寧醫生說：「沒錯，這部電影在韓國大為轟動與賣座，這是原因之一。」

老闆里傑說：「《王的男人》亦闡述了一段跨階級、性別不拘的包容之愛。您現在所聽的主題曲〈姻緣〉，網路有人翻譯了歌詞。」

我說：「這首歌的詞曲，情意綿密，婉轉動聽，雖然用字用詞不算符合詩的含蓄和精煉的要求，但還可以找出意象的經營之處，其中有幾句是相當有詩味的，如：

> 拋棄所有的一切／就站在你身邊／就這樣走過剩下的路／——
> 在疲憊的一生的路上／這就是你的禮物／這份愛要經常擦擦曬曬　不讓它生鏽／——

放棄一切，只為陪伴在身邊，一起走過人生剩下的路，生命不是在於燕山王擁戴的風光，而是在於假面藝人師兄弟卑微的扶持，在走完它之前，記得『這份愛要經常擦擦曬曬　不讓它生鏽』。

詩的語言和歌詞不盡相同，寧寧醫生是寫詩的過來人，應了解詩的特質，我最近在《吹鼓吹詩論壇》『同志詩版』讀到一首詩〈蝴蝶〉，作者是段楓，你現在可以打開《吹鼓吹詩論壇》網頁一起來看。」

能否走前給我一首歌／作我愛情的註解／讓我用盼望做火燄／讓我用渴望做水帘／在水火交融時／今世毀滅的我／來世幻化／衣霓裳／彩最鮮艷的烈陽／千煉成你心生所欲的／女相

寧寧醫生慢慢的讀了此詩後，說：「這是講變性欲望的詩吧，似有以梁祝死亡化為蝴蝶的故事，來做為自己在『毀滅』之前所交代的遺言的註解，但梁祝是為異性戀，本詩則為同性戀。表演假面舞劇的小丑長生和孔吉，兩人的感情，在現實是師兄弟之愛，但孔吉被燕山王納為同志之愛後，長生的心因嫉妒，即由兄弟之愛演變成同志之愛了。」

老闆里傑也仔細的閱覽著《吹鼓吹詩論壇》網頁，他說：「我和寧寧醫生都不知道有這個詩論壇呢！還有難得一見的『同志詩』版，可以讀到好詩了！」

我說：「要是有詩作，歡迎到詩論壇來發表。」

這頓午餐已用了兩個鐘頭，我平時下午有小睡一會兒的習慣，故覺得有些疲倦了，而老闆里傑仍興致勃勃的要我談詩，寧寧醫生則說他今天下午沒排診次，有意繼續坐下來喝下午

東海大學・飲詩作樂

她們說要演唱我的詩，所以我就赴約了。這是二十九日的夜晚，在大肚山的東大校園裡，有一群女學生飲詩作樂，她們像美麗的精靈，招來了許多意外出現的耳朵和眼睛。

貝聿銘設計的路思義教堂在三十多年前，錐形而雙曲面的造型就把我折服了，讀這座教堂宛若讀一首聳然而立的立體詩，從任何一面看，都呈著飛天之姿，四周夜燈如星芒點綴著，我們就在它的身懷裡開始詩的靈界之會。

我不知學生們的姓名，正如我不知這時我的年紀。但在她們之中，我只是一個聆賞者，坐於草坪的一角，正等著她們把詩人們的作品搬上場。她們的樂器是吉他，也許創作型的歌手都從吉他開始。第一首上場的作品是楊牧的詩：

當蛇群／如雨勢凌波／憤慨地……／……向坐在黑暗中的／風暴，向疲倦的我／游來的時候／請聽我說請依靠我／當水岸漸漸／轉弱，螢火終於熄滅，當／鳥羽照著廣闊的／月色，而浪漫的懷想／已經變成一首辛澀的歌／這時候請你／走向我。

留著披肩長髮的演唱者抱著吉他，隨著楊牧的詩句釋出而走向我，我不好意思的側了身子，讓她有空隙走過我，走到我背後草坪的遠端，那兒一棵蓊鬱的鳳凰木下，有一位戴著黑框眼鏡抱著一疊書的男學生，她停在他面前唱著詩。我回頭仔細瞧他，他不正是曾經從大肚山的風吼走到愛荷華的雪降裡去的葉珊嗎？葉珊，一個懷念的名字，至今仍在東大校園若隱若現的遊走。

「你不會不相信宇宙間有一個冥冥的主宰吧？」草坪上，有人在複述葉珊剛進東大時聽到的這句問話，彷彿這時候，是教堂裡的神父正透過彩繪玻璃窗，對著學生們的心探詢當年十九歲的葉珊，只因現在唱的詩是楊牧作品，而非葉珊？但除了我之外，沒有人知道葉珊站正在那棵鳳凰木下。

演唱者繞著鳳凰木走一圈回來，在大家圍坐的中心換了第二首詩，是余光中的作品，瞬間把今夜的天空變得非常希臘。我悄悄起身去找葉珊，想跟他說：「沙特已經失勢了；巴黎的民眾不愛他了——因為大家認為沙特欺騙了他們……他的哲學變成一種不可信賴的架構。」這些他在東大校園裡曾經記述下來的話。葉珊看到我走向他，他迅捷地轉身而走，我疾步追隨在後。他隱入文理大道的榕樹之間，我忽然覺得這幾棵巨大的老榕，盤根錯結，枝葉參差，就像楊牧的詩作，使得我再怎麼搜尋，也難以找出葉珊的身影。

我只好退了回來，去聽余光中的詩，可惜長髮歌者已唱罷，換了另兩位雙重唱的學生，她們都結了長長的辮子，要唱的是沈志方老師的詩。沈老師就在東大任教，這麼近，今夜他怎麼沒來？難道他仍玩弄不盡他的書房夜戲，所以沒空來此一會？兩位歌者開始唱著〈昨夜你來入夢〉這首詩：

昨夜你來入夢／以初為人妻的好奇與／遲疑，昨夜你小小心前來／窺探我潛意識的世界／我在深沉的黑暗邊緣跳起驚呼：／別走——荒蕪了三十年的淚水／齊自枕上決堤

多感謝這地球小小的自轉／夜深時終於讓你入夢

我問旁邊的一位學生：「妳喜歡沈志方老師的這首詩嗎？」學生抿著嘴笑了，卻不說一句話，我說：「這首詩最後兩句，很動人是不是？」學生點點頭。

我又說：「說起地球小小的自轉的詩思，和沈老師另一首詩有密切的關係，妳知道他另一首有名的詩〈不敢入睡的原因〉吧？就是寫地球轉動而使他無法入睡，『地球就翻過來睡在牀上，牀就翻過來睡在我』這情形相當有趣而富有詩趣，妳不妨去找來讀讀。」

學生說：「讀過了，嘻。」啊，他們都知道沈志方詩人是大肚山的詩人，東海人哪裡能不知沈老師的《書房夜戲》。

忽然有數人從教堂西北方跑來，那兒有一橋，流傳名為「女鬼橋」，有幽冥在其間出沒，還好這鬼魅之說只增添這大肚山校園的浪漫性而已，並不讓人畏懼驚惶。那些跑來的人都是男生，他們亦和我們一起坐在草坪上聆聽接下來的曲目。繼續演唱的有洛夫、瘂弦、林泠、白靈、蕭蕭、夏宇等詩人的作品，我等著等著，終於聽到我的歌詞作品了，是〈期遇〉：

3335-112344434----
你的出現如同白雲投影在我心
2265-43.44432-------
我心蕩漾無數幻滅的倩影
3335-112344434----
而你離去如同微風消逝在我心
2246.-6671.-322------

我心飄落無數期待的戀情

2177--5766.5.----

期待相遇再一次夢境

465-4-.712--1776.5.----~3~-~3~

期待相遇再一次相遇的眼睛

'2177.-6--71254.3.----

我不能忘懷你留下的叮嚀

'6777761164.3.------

你難道不再為我描繪遠景

0000（停一小節）

3335-0112344434---------
我又來到初次相遇無人小徑
2224-0771233323---------
小徑荒蕪不見不見投影的白雲
3335-0112344434---------
而你離去是否隨風到處在飄零
2246--0671---1.7.--------
<<<
飄零何處每日我為你追尋

在演唱我的作品的時候，教堂似乎變成倒置的船艙外形，擱淺在荒島的沙灘上，葉珊的身影攀附在高高的船艙脊端，他拿著詩人的十字架望著「飲詩作樂」的我們，但沒有人發現他，除了我之外。葉珊的身影貼著夜空，虛無而沉默，似乎在暗示著什麼，他飄過我們的上空，直抵達文理大道兩旁婆娑的榕樹上，榕樹都變成了楊牧的詩篇，他從詩句裡派了幾隻小松鼠，跳到草坪上來，在我們的腳旁躲躲藏藏，我們都興奮極了，我卻直呼不可思議。

這時校園的另一區，有古色古香的四合院，紅磚灰瓦的教室裡，獨自夜讀的一位戴著黑框眼鏡的男學生，他不知他日後變成了大肚山的詩人。當他熄掉教室裡的燈，我們的「飲詩作樂」之會，也已到了尾聲。

宇文機

我視大肚山都會公園為詩人精神的運動場，人在這兒散步，精神在這兒提振，只因空曠，無遮無掩，只因孤寂，靜默清雅。寶貝家族們把這兒當作夜間吟詩遊樂園，欲參與者，得需持自己繪製的門票進入。

日前，我以一個下午的時間在都會公園交了一個美籍的朋友，簡單的介紹：他中文名字叫宇文機，台中某單位工程師，未婚，光頭熊體，愛散步、中國武術，會寫詩。他告訴我說：「你知道干將莫邪的故事吧？要讓神物化合，需要人氣，寫詩如煉劍，作者要以自己的生命來催化，才可完成一首詩。」

沒想到他竟然有中國這麼傳統的思維：「捨身成劍」。而他是用來思考詩的創作。

這炎熱的下午時段，幾無別人，只見他裸著上半身、著半截黑褲，拎一個黑背包，繞走了都會公園裡所有的路徑。他停在濃密的樹蔭下打了幾套太極拳，我說我要幫他畫張炭筆速寫送他，他故意擺了姿態，還問我是否要裸體。我畫了兩張，一張給他，一張我留下來。我要他在畫上簽名，他簽了「宇文機」及英文名字，還寫了兩行中文詩：

如果過客留下鞋子給風景
歸人仍將赤足到達家鄉

他這兩行詩讓我聯想到我的一首散文詩〈旅程〉：

我將到達另一個出口，那裡有一些等待；
我將到達另一個出口，那裡有一些陌生。

總是因為我隨著種子發芽，必須穿過泥土；我隨著水脈，必須噴出地層；我隨著風向，必須拂過高樓帷幕；我隨著流雲，必須越過高壓電線鐵塔。

必須一路隨著候鳥的翅膀，飛往不同的季節。隨著日夜交替，必須活動與睡眠。必須一程又一程必須隨著時間通過無數的空間。這一切與生活都是必須啊。

我將到達另一個出口，那裡有一些想像；
我將到達另一個出口，那裡有一些希望。

一連串旅程的「必須」，是強制自己面對種種的境況，也面對自己的魂魄所寄託和情感所繫之物，干將莫邪剪下頭髮指甲焚身煉劍，這種「捨身」的創作觀，宇文機這位外籍工程師是否會在大肚山都會公園完成呢？

我問他，他反問我：「你呢？」

都沒有得到對方的答案。

創作是一輩子的事，但也許他何時回到他的國度、他的故鄉，也是永遠沒有答案。

伊凡・葉何羅夫

從加拿大回到台灣故鄉休假的女生ＳＡ，她縱橫網路上的幾個論壇，當然也到吹鼓吹詩論壇發表作品，由於這樣的關係，不久前，她突然在網路留言，說要到大肚山來玩玩，認識所謂的「大肚山詩人」，隔天就打了一通電話給我，說：「我人已在你家門口，可以帶我到大肚山玩玩嗎？」我嚇了一跳，ＳＡ怎知我家住址及電話？她說：「我回台灣，就到誠品買了《台灣詩學吹鼓吹詩論壇二號》，內頁有你的住址和電話。」

我開車載著ＳＡ上大肚山，一路上聽著她講述她在美國就學的生活及網路上認識的文友交往的點點滴滴，我問她：「台中的詩友，妳認得的有誰？」她說：「有兵大哥、煌小哥、樺姊、涼妹妹。我這幾天已找過他們了，你是最後一位。」

我問：「然後呢？」ＳＡ說：「我會完所有台灣的文友後，就返加拿大讀書，再也不和台灣的文學網往來了。」我問：「為什麼？」這時，ＳＡ突然嚶嚶啜泣。

我看問題非常嚴重，趕緊把車從中港路轉到國際藝術街，停了車，走進「春水堂」，我說：「到裡面喝杯飲料，聽妳從頭說起和文友之間情感與肉體糾葛的始末……」

SA說：「我喜歡人氣熱絡的文學網，卻被熱絡的人氣迷惑。」為什麼？「我迷惑於他們熱情的召喚，卻察覺到他們謀略的醜陋。」為什麼？「我以為他們是我在文學網的兄弟姊妹，卻在見面後才發現他們是網路文學的豺狼虎豹。」為什麼？「他們要我的心，也要我的行動。」

我說：「所以，妳懼怕了？」「嗯。」我說：「這是小事，回歸孤獨和寂靜吧！寫作，本來是不該熱鬧的；寫作環境，不是七嘴八舌的回帖討論的；寫作，是不可教的。妳要趕快回到最孤寂的狀態，才不致於迷失在熱絡的文學網裡。寫作，不可以被別人似是而非的理論牽著鼻子走。」

我最後補上一句：「寫作的事，不宜來找我談怎麼寫作，尤其是詩創作。詩，可以學，但不可以教。當有人教妳該如何寫詩時，妳就可能漸漸失去了創作的能力。」

SA似有所頓悟，反而陷入長久的思考中。我唸了一首我寫的詩〈回家〉給她聽：

文字想要回家，填入稿紙三百公里
意象在外餐風露宿，形銷骨立
意象想要回家，搭著文字長長的火車

晦澀的行囊裡全是親友的思念
說不出來的晦澀
是我最熟稔的愛

我沒多做講解，詩的感受不必由我作者引導，她自會從詩的語意間得到領悟。走出了「春水堂」，SA變得默默無言。

我說：「我帶妳去找一位烏克蘭畫家，他就在相鄰的藝術北街。」我撥了那位畫家的電話，告訴他，我是來看畫的。「藝術北街」比起商業經營的「藝術街」更富藝術氣息，因為安靜、幽深，適合在那兒默默的藝術創作。烏克蘭畫家住的是一棟老房子的二樓，他下樓來開啟入口的門，接我們進入他的畫室。

烏克蘭畫家名字是「伊凡・葉何羅夫」，平面創作有油畫、小品畫和肖像畫，應用美學創作有彩繪雅盒、木板畫和木雕畫，他說這都是他寓藝術於生活的實踐。

我告訴SA，這是我第一次來他的畫室，為了想買他的畫，之前只有以電話詢問過看畫時間。由於語言不同，精於英語的SA幫我解決了交談上的困難。畫室裡壁上懸掛的大都是小幅的水彩畫，有威尼斯水都風景、烏克蘭鄉野風景、美哉俄羅斯聖彼得堡、德國法國寫生風景，

生畫。也有幾幅較大型的油畫。我慢慢觀看，竟然看到熟悉的龍井古宅、磺溪書院、紅毛城等處的寫

他落腳在台灣中部的大肚山上，開設了畫室教學，並在Yahoo奇摩拍賣網上賣畫，他的拍賣網上寫著：「伊凡是位純然畫家～IvanYehoroviSaNaturalMinder.走進自然觀察，守護天地間單純的美，崇尚自然的寫實富含印象意境的畫作，搭配木框質感，直覺地悅人心屏。」

他很誠懇的一直問我喜歡哪幾幅畫，並徵詢我是否有購買的意願，且要我出價。我是對畫很挑剔的人，要買一幅畫回家，不會在第一時間就下決定，我說：「改天再來，看第二次仍會喜歡時，我會買下。」然後，我和ＳＡ走出畫室，回到了陽光亮麗花草扶疏的藝術街上。

我說：「創作之前，要先沉澱心中的雜質，才會有上乘之作；觀賞畫作亦如是，才可找到真正喜歡的作品。」

ＳＡ回應說：「每人心中都有一些雜質存在，受到刺激或干擾時，雜質就會浮起，而使心不能澄明。」

我驚訝於ＳＡ的聰慧，竟能說出如此悟性的話。

我送ＳＡ到台中火車站，讓她搭自強號火車回台北。

我說：「回去吧，去找自己寫作的路。孤寂總比熱鬧適合創作。」

隱童

最近拾起荒廢已久的畫筆，開始畫起油畫來，特地到遊園路向一位在網路賣「天一畫筆」的賣家購買，他賣的油畫筆太便宜了，從〇號到二十二號畫筆共十四枝，才賣我三百五十元，直覺這不是上等貨，甚至覺得這是仿冒品，但因畫筆是消耗品，只好買下，後來回家一用，果然不耐用，有一枝會掉毛。

遊園路，離東海大學不遠，附近有一家聞名的大陸書籍專賣店，在網路設有網站，非常有名，店名叫「若水堂」。我買了油畫筆後，就想到那兒逛逛，看是否有中意的書可買。進了「若水堂」，先轉右手邊去找有沒有大陸畫家的油畫畫冊，翻找了半天，竟然少得很，不過有幾本油畫教學的八開大本集子，倒是印刷得很好，把油畫的筆觸和質感都在紙面呈現出來，很適合學生參考學習。我後來在架子上發現了一本書，書名《詩人與畫家》，好像很適合我想追求的身份，很好奇的抽出來，三百頁的厚度，需要慢慢地翻一翻，剛好書店內有提供一組沙發椅，我就坐下來。

《詩人與畫家》這本書，二〇〇六年五月出版，馬永波翻譯，十八位美英的詩人或畫家寫的文章，十八篇文章光看標題就非常吸引人，何況每篇文章都還配有多幅彩色畫作！第一篇是美國詩人奧登寫的〈災難中的寧靜黃昏——論凡高（梵谷）〉，其他篇的題目是〈論詩歌與繪畫，兼及對音樂的一點思考〉、〈藝術與思想〉、〈作為作家的畫家〉、〈作為畫家的詩人〉、〈勞倫斯論繪畫〉、〈對馬蒂斯「藍色裸體」的描述及美國氣質繪畫〉、〈穿過鐵軌去往霍珀的世界〉、〈風景帝國〉、〈反對抽象表現主義〉……等等，內容相當豐富，也許，是我會買下的一本書。

我坐在沙發上大致翻閱了一下，並開始讀第一篇文章，我不知這時有一人在我對面坐下，沒多久，他輕輕喚了我一聲：「你是不是……？」

我抬起頭來，眼光和他對視，喲，原來是我的朋友，一位不寫詩卻常讀詩的朋友，他自稱為「隱童」，哇，一年多沒見面了，竟然在此巧遇！

我說：「你把『詩人的最後一道防線』撤離後，我們這些寫詩的人都胡作非為了。」（「詩人的最後一道防線」為隱童的部落格名稱）

隱童說：「現代詩哪裡需要防線？愈自由愈無限制，不是現代詩人的主流民意嗎？」

我說：「不，隱形的防線還是需要吧，就像一個人的心中，都要對詩有一把尺的。」

隱童說：「你的一把尺，會不會像我的一把尺？這比較沒意義，重要的是，我們不會用相同的方式去量。」

我說：「所以，你要把你怎麼量的方式告訴大家，有許多寫詩的人是不會量詩的，你的『詩人的最後一道防線』系列談詩問題的文章，正好可以供人參考。」

隱童說：「我沒時間再上網貼文章。」

那真的請不動隱童了。我問他近況，他說他的隱私和行蹤，不可轉告他人知曉，我答應了他。然後我們一起去附近的小吃店吃飯、喝酒、閒聊，我告訴他，我最近又開始畫油畫了，他摟著我的肩膀說：「送我一幅，今生唯一。」我笑笑說：「你認為我當詩人較好，還是當畫家較好？」他推了我一把，指著我手中的書說：「你不是買了《詩人與畫家》，你自己從這本書裡去做決定吧！」

陌生訪客

今天下午，我帶著我的ＤＶ攝影機上大肚山……

因為我接到苦兄的電話，說有一名陌生訪客正在他那裡，是我給地址的，所以非要我上來一陣不可。苦兄隱居在大肚山上一個舊軍營附近，他的事情於《大肚山的詩人們》第一篇披露了，那個訪客才會要了地址去找他。

天氣有點陰鬱，山上樹梢枝葉已微微顫動，那是秋臨前兆，我打開車窗，讓秋風拂身。秋的感覺，最貼切詩意了。我的車經台中都會公園，終於來到苦兄的住處。我停好車，繞過苦兄的長長門圍。苦兄把我拉進屋裡，一起坐在窗下那張方形的大樟木桌旁，對面正好坐著那位訪客。

苦兄說：「這位陌生的訪客，和我談論詩的創作問題，說什麼詩人的最後一道防線已喪失不存！」

我笑笑說：「我來介紹這位訪客，他號稱隱童，他想見你，跟我要了你的地址，你們都是我的好朋友，不給地址不行。今日有緣，結拜為兄弟吧。」

隱童說：「因為我陌生，所以苦兄乍感訝然；因為我陌生，所以引起苦兄好奇；因為我陌生，所以苦兄覺得我有新鮮感；因為我陌生，所以苦兄對我有距離感；因為我陌生，所以引發苦兄的心神的騷動；因為我陌生，所以苦兄的感官變得豐富了；因為我陌生，所以苦兄今天的生活模式被解構了。」

苦兄說：「隱童老弟，我可以稱你為老弟吧？你講的『陌生』，有點類似『詩的陌生化』了。」

隱童說：「沒錯，『陌生化』可以使詩產生『訝然』、『好奇』、『新鮮感』、『距離感』、『心神的騷動』、『感官豐富』、『模式的解構』等等效果，所以很多詩人在追求『詩的陌生化』。但是很多詩人都誤解了『詩的陌生化』。」

苦兄和我同時問：「怎樣誤解了『詩的陌生化』？」

隱童說：「誤解『詩的陌生化』者，有三種意識，第一種認為書寫異國城鄉風味生活即為詩的陌生化，例如在詩中拼貼歐洲城市名稱，但作者本身並沒去過；第二種認為書寫久遠年代即為詩的陌生化，例如神話、史詩、靈異的書寫；第三種認為書寫異國人事物即為詩的陌生化，例如以中南美洲、非洲等國的人事物為題材，但作者僅靠新聞或翻譯雜誌書籍獲取資料。」

苦兄說：「很不幸的是，這三種意識卻是今日文學大獎的秘門，走過這三門，就很容易得獎。」

我問：「這三種意識，對台灣人來說，不都是具有『陌生化』的作用嗎？」

隱童說：「你也這樣認為，那就是對『陌生化』錯誤的認知。」

我問：「為什麼？請快告訴我為什麼？」

隱童說：「首先，要知道文學得以存在的方式是什麼？」

我說：「是語言。」

隱童說：「對了，所謂『陌生化』，就是語言的陌生化，它不是使不熟悉的變得熟悉，而是使熟悉的變得陌生。」

苦兄說：「這就是重點：是使熟悉的變得陌生。」

我說：「所以不是寫原已陌生的異鄉、異國及久遠年代的人事物，而是要寫自己身邊熟悉的人事物。」

隱童說：「藝術的技巧就是要使原來熟悉的人事物，變成陌生，例如你熟悉的大肚山，但你要寫出令人感到陌生的大肚山，喚起人們的注意，恢復人們對大肚山的知覺與感官的豐富性，這才是真正的陌生化。」

苦兄說：「怎麼寫才會使熟悉的人事物變得陌生，這就是技巧的所在。」

隱童說：「技巧仍用在語言上，語言上的誇張、比喻、象徵等，都會使詩的形式變得異常而陌生，另外，結構上的變形也會造成陌生化。」

聽了隱童之言，讓我終於明白了真正的陌生化，是如何把熟悉的，寫成陌生的，這真是高妙啊！

這時，我看見窗外枝椏間懸浮著一片落葉，在秋風中晃動，好似某種語言，欲泣欲訴，我拿起我的ＤＶ就記錄下這幾秒鐘的動態影像，然後看著葉子瞬間飄失，不見蹤跡。

苦兄說：「攝影的陌生化，更為明顯，同樣熟悉的大肚山，你能拍出陌生的畫面嗎？」

我笑笑說：「苦兄，別挖苦我了，我哪有這種功力？」

隱童說：「藝術是形象的思維，攝影家若知『陌生化』的意義，即會通過熟悉的形象去認識、領會和解釋不熟悉的事物，若此，將會拍出不一樣的影像。」

今天下午，我們談到盡興而散，未詳記之處，正如懸於秋風中的落葉，令人感觸良多了。

苦兄笑稱隱童為「錯誤的陌生訪客」，真的來也匆匆，去也匆匆，他又不知往哪裡去了？

釀文學127　PG0865

釀 少年詩人夢

作　　者	蘇紹連
責任編輯	黃姣潔
圖文排版	王思敏
封面設計	蘇紹連

出版策劃	釀出版
製作發行	秀威資訊科技股份有限公司 114 台北市內湖區瑞光路76巷65號1樓 電話：+886-2-2796-3638　傳真：+886-2-2796-1377 服務信箱：service@showwe.com.tw http://www.showwe.com.tw
郵政劃撥	19563868　戶名：秀威資訊科技股份有限公司
展售門市	國家書店【松江門市】 104 台北市中山區松江路209號1樓 電話：+886-2-2518-0207　傳真：+886-2-2518-0778
網路訂購	秀威網路書店：http://www.bodbooks.com.tw 國家網路書店：http://www.govbooks.com.tw
法律顧問	毛國樑　律師
總 經 銷	聯合發行股份有限公司 231新北市新店區寶橋路235巷6弄6號4F 電話：+886-2-2917-8022　傳真：+886-2-2915-6275

出版日期	2012年12月　BOD一版
定　　價	290元

國家圖書館出版品預行編目

少年詩人夢 / 蘇紹連著. -- 一版. -- 臺北市：
釀出版, 2012.12
面； 公分. --（語言文學類；PG0865）
BOD版
ISBN 978-986-5976-97-2（平裝）

1. 新詩 2. 詩學 3. 詩評

821.886 101023564

讀者回函卡

感謝您購買本書，為提升服務品質，請填妥以下資料，將讀者回函卡直接寄回或傳真本公司，收到您的寶貴意見後，我們會收藏記錄及檢討，謝謝！如您需要了解本公司最新出版書目、購書優惠或企劃活動，歡迎您上網查詢或下載相關資料：http:// www.showwe.com.tw

您購買的書名：＿＿＿＿＿＿＿＿＿＿＿＿＿＿＿＿＿＿＿＿

出生日期：＿＿＿＿＿年＿＿＿＿＿月＿＿＿＿＿日

學歷：□高中(含)以下　□大專　□研究所(含)以上

職業：□製造業　□金融業　□資訊業　□軍警　□傳播業　□自由業
　□服務業　□公務員　□教職　□學生　□家管　□其它＿＿＿

購書地點：□網路書店　□實體書店　□書展　□郵購　□贈閱　□其他

您從何得知本書的消息？

□網路書店　□實體書店　□網路搜尋　□電子報　□書訊　□雜誌
□傳播媒體　□親友推薦　□網站推薦　□部落格　□其他＿＿＿＿＿

您對本書的評價：（請填代號　1.非常滿意　2.滿意　3.尚可　4.再改進）

封面設計＿＿　版面編排＿＿　內容＿＿　文／譯筆＿＿　價格＿＿

讀完書後您覺得：

□很有收穫　□有收穫　□收穫不多　□沒收穫

對我們的建議：＿＿＿＿＿＿＿＿＿＿＿＿＿＿＿＿＿＿＿＿

＿＿＿＿＿＿＿＿＿＿＿＿＿＿＿＿＿＿＿＿＿＿＿＿＿＿

＿＿＿＿＿＿＿＿＿＿＿＿＿＿＿＿＿＿＿＿＿＿＿＿＿＿

＿＿＿＿＿＿＿＿＿＿＿＿＿＿＿＿＿＿＿＿＿＿＿＿＿＿

請貼
郵票

11466
台北市內湖區瑞光路 76 巷 65 號 1 樓

秀威資訊科技股份有限公司 收

BOD 數位出版事業部

....

（請沿線對折寄回，謝謝！）

姓　　名：________________ 年齡：________ 性別：□女　□男

郵遞區號：□□□□□

地　　址：____

聯絡電話：(日) ________________ (夜) ________________

E-mail：____